# FEBRE DE CAVALOS

LEONARDO PADURA

# FEBRE DE CAVALOS

TRADUÇÃO
MONICA STAHEL

© desta edição, Boitempo, 2022
© Leonardo Padura, 1988, 2014

Título original: *Fiebre de caballos*
Publicado conforme acordo com Tusquets Editores, Barcelona, Espanha

| | |
|---:|:---|
| Direção-geral | Ivana Jinkings |
| Edição | Thais Rimkus |
| Tradução | Monica Stahel |
| Assistência editorial | João Cândido Maia |
| Revisão | Denise Pessoa Ribas |
| Coordenação de produção | Lívia Campos |
| Capa | Ronaldo Alves |
| Diagramação | Antonio Kehl |

*Equipe de apoio* Elaine Ramos, Erica Imolene, Frank de Oliveira, Frederico Indiani, Higor Alves, Isabella Meucci, Ivam Oliveira, Kim Doria, Lígia Colares, Luciana Capelli, Marcos Duarte, Marina Valeriano, Marissol Robles, Maurício Barbosa, Pedro Davoglio, Raí Alves, Tulio Candiotto, Uva Costriuba

CIP-BRASIL. CATALOGAÇÃO NA PUBLICAÇÃO
SINDICATO NACIONAL DOS EDITORES DE LIVROS, RJ

P141f
    Padura, Leonardo, 1955-
    Febre de cavalos / Leonardo Padura ; tradução Monica Stahel. - 1. ed. - São Paulo : Boitempo, 2022.

    Tradução de: Fiebre de caballos
    ISBN 978-65-5717-198-1

    1. Romance cubano. I. Stahel, Monica. II. Título.

22-80500                               CDD: 868.992313
                                            CDU: 82-31(729.1)

Gabriela Faray Ferreira Lopes - Bibliotecária - CRB-7/6643

É vedada a reprodução de qualquer
parte deste livro sem a expressa autorização da editora.

A tradução desta obra contou com apoio
do Ministerio de Cultura y Deporte da Espanha.

1ª edição: novembro de 2022

BOITEMPO
Jinkings Editores Associados Ltda.
Rua Pereira Leite, 373
05442-000 São Paulo SP
Tel./fax: (11) 3875-7250 | 3875-7285
editor@boitempoeditorial.com.br
boitempoeditorial.com.br | blogdaboitempo.com.br
facebook.com/boitempo | twitter.com/editoraboitempo
youtube.com/tvboitempo | instagram.com/boitempo

# Sumário

Um romance, quatro décadas depois ............................................. 13

I ................................................................................................. 17

II ................................................................................................ 25

III ............................................................................................... 35

IV ............................................................................................... 45

V ................................................................................................ 55

VI ............................................................................................... 69

VII .............................................................................................. 79

VIII ............................................................................................. 89

IX ............................................................................................... 99

X ............................................................................................... 115

*Para Zaida del Río,*
*que (ainda) sabe da doença*
*dos cavalos.*

*Para Lucía López Coll*
*pelo (mesmo) de sempre.*

Às vezes acontece uma chamada noturna
e tenho de retroceder a trama das folhas
até chegar àquele ponto em que só tu és possível,
animal encurralado sob sua nudez de medo.

"Alguien enciende las luces del planeta", Alex Fleites

– Venha. Vamos embora.
– Até logo – disse Alice.
Certamente ela tinha uma voz bonita.
– Até logo – disse eu.
– Aonde vão, jovens? – perguntou o cozinheiro.
– No rumo oposto ao seu – Tom lhe falou.

"A luz do mundo", Ernest Hemingway

## Um romance, quatro décadas depois

Como se escreve um romance? Para que se escreve um romance? De onde saem as ideias que me permitem escrever um romance? Essas são perguntas que me perseguiram com mais persistência ao longo dos quarenta anos (sim, quarenta anos) transcorridos desde que decidi escrever um romance, meu primeiro romance... São interrogações persistentes e traiçoeiras, porque, quando acredito ter uma resposta definitiva, alguma experiência na escrita me faz voltar a pensar nessas questões e, às vezes, mudar minhas respostas.

Foi em 1982 que, sem saber que já me fazia essas perguntas, decidi que *queria escrever* um romance. Eu era então um filólogo recém-formado, tinha vinte e seis anos, e havia escrito apenas meia dúzia de contos e publicado dois ou três deles. Mas um chamado do que seria meu destino começou a me reclamar e me empenhei em obedecer a ele. Assim começou a aventura que me levou a escrever *Febre de cavalos*, terminado em 1984 e publicado pela primeira vez em 1988 (esses quatro anos eram os da espera habitual nas editoras cubanas), o texto com o qual debutei como romancista.

Como não podia deixar de ser, a redação deste romance foi um exercício angustiante. Como o escreveria? Para que o escreveria? O primeiro obstáculo baseou-se, entretanto, no fato de que, para me sentar e escrever, eu deveria subtrair tempo do meu trabalho jornalístico e só então dedicar-me a lutar contra todas as minhas inseguranças, minha falta de emprego e o peso dessas grandes perguntas. Por isso, examinei todas as minhas referências, buscando modelos e soluções (Hemingway, Salinger, Truman Capote, Fernando del Paso, García Márquez), e vasculhei minhas experiências pessoais para tentar dar vida aos personagens convocados. Quase assombrado por ter conseguido fazê-lo, completei em alguns meses uma primeira versão, de umas setenta páginas, que não me satisfez; depois, uma de cerca de cem, na qual senti que me restavam coisas a dizer; por fim, a versão definitiva, de umas cento e cinquenta páginas, que, sem voltar a pensar, sem voltar a me interrogar, me atrevi a entregar a uma editora.

Quarenta anos depois, quando me lembro daquele processo, vejo-me como um cego de quem roubaram a bengala e que colocaram num caminho desconhecido e cheio de armadilhas. O único modo de avançar era por tateamentos que implicavam descobertas, tanto de caminhos como de precipícios, tanto de flores como de serpentes. Toda a minha imperícia literária era um fardo que eu tinha de arrastar, embora tivesse a meu favor um trunfo que sempre levei no bolso: nunca me dar por vencido.

E assim terminei *Febre de cavalos*, meu primeiro romance, que à distância desses quarenta anos e outros treze romances escritos e publicados me parece um admirável exercício juvenil, afetado por todas as dúvidas e as inocências de uma aprendizagem, mas um livro com o qual, modéstia à parte, perfilava-se o que seriam meus interesses e minhas obsessões por todos esses anos: a experiência de minha geração na Cuba contemporânea, as luzes e as escuridões da condição humana, a necessidade do amor e da amizade, os mistérios da criação artística.

Por isso penso que, se algumas virtudes consideráveis acompanham *Febre de cavalos*, a primeira seria a ousadia de um jovem que impõe a si mesmo escrever um romance e o escreve. E, ao lado desse fato, a evidência de que com esta peça de juventude e aprendizagem estavam se moldando os alicerces do que foi, e continua sendo, meu universo literário, transitado nessas quatro décadas, anos em que ganhei em capacidade de visão (já não sou aquele cego de 1982), mas nos quais não perdi o assombro juvenil nem a intenção de espreitar a realidade de um país, numa época e através dos olhos de uma geração, minha geração.

Devo advertir meus presumíveis leitores de que, assumindo todos os riscos, nesta e em outras reedições do romance, apenas me atrevi a introduzir algumas poucas e levíssimas modificações no texto original, todas de caráter estilístico, nunca de enredo. Melhorei algumas pontuações inadequadas, mudei alguns substantivos por demais inoportunos, modifiquei alguns adjetivos buscando o sentido mais preciso e suprimi duas ou três referências excessivamente datadas, que não acrescentavam maior sentido ao livro. Mas, em essência, os novos e os velhos leitores encontrarão aqui o mesmo romance editado em 1988 e, em estado puro, o escritor que eu era naqueles dias de 1983, pouco antes de ser expulso da publicação mensal *El Caimán Barbudo* por ter – graças a Deus ou a Marx – "problemas ideológicos" e de iniciar minha carreira como jornalista no vespertino *Juventud Rebelde*.

Quero também aproveitar esta espécie de prólogo informativo para confessar que, em 1990, quando comecei a escrever o romance intitulado *Passado perfeito* e dei vida ao personagem Mario Conde, não tive lucidez suficiente para me dar conta de que o mundo dos protagonistas daquele novo livro e o dos personagens de *Febre de cavalos* eram o mesmo, só que separados pela passagem do tempo – o deles e o meu. Apenas dois anos depois, quando resolvi transformar o persistente Mario Conde no protagonista do que pensei que seria uma série de quatro romances – que já neste 2022 são nove e espero que logo sejam mais – e comecei a escrever o que intitularia *Ventos de quaresma*, ficou evidente para mim que a relação entre Conde e o jovem Andrés, protagonista de *Febre de cavalos*, na realidade era mais remota e profunda. Foi por isso que, junto com o personagem já resgatado do Coelho, eu trouxe para aquele romance Andrés, logicamente médico formado e carregando a experiência vital contada em *Febre de cavalos*. É estranho, mas não sei como demorei tanto para me dar conta de que o curso pré-universitário no qual Conde havia estudado era o mesmo de Andrés, de que ambos deviam ter jogado beisebol juntos – pois professavam a mesma paixão por esse esporte, embora Andrés sempre tenha sido muito melhor beisebolista que Conde – e de que, claro, deviam ter compartilhado amigos.

Para resolver essa íntima conexão entre os dois romances, quando se ofereceu a mim a oportunidade de reeditar *Febre de cavalos*, decidi reparar o lapso lamentável e permiti que Mario Conde, cujo espírito sempre esteve flutuando neste livro, transparecesse em dois momentos decisivos do romance, nos quais ele não poderia deixar de estar: no capítulo do jogo de beisebol e quase no fim do livro, onde ele entra de maneira direta no texto e revela sua verdadeira posição na obra, a de suposto escritor da história, como parece ter sido também o relator oculto de todos os episódios de *As quatro estações*, segundo se diz nas linhas finais de *Paisagem de outono*.

Sem vergonha literária e até com orgulho artístico, deixo-os entrar agora num mundo cujas primeiras coordenadas foram traçadas neste *Febre de cavalos*, cujas ingenuidades e virtudes assumo com a certeza de que aqui dei o primeiro passo da viagem mais longa, a que me trouxe até onde estou, diante de vocês.

*Leonardo Padura*
Mantilla, agosto de 2022

# I

Seus braços estão doendo tanto que você larga a mala e a mochila junto da porta. Estala os dedos, um por um, sempre com sucesso, e encolhe os ombros, como se nada pudesse te importar. Você percorre os cômodos. Não há ninguém, conforme supunha. O ônibus que os trazia do campo virou no entroncamento e o motorista te deixou a quatro quadras de casa. "Com certeza a velha está me esperando no pré-universitário", você pensa e se joga na cama.

A cama é macia, o colchão conhece todos os cantos do seu corpo. Ainda falta uma hora para meio-dia, e o sol, quase perpendicular, se esquiva das folhas compactas das bananeiras e se insinua pela janela para cair, inevitável, em seus travesseiros.

Desde que chegou, você foi envolvido pelo cheiro de limpeza que se desprende dos enfeites, das paredes, dos móveis do seu lar. Tenta ignorá-lo, pois se trata de uma sensação velha, esperada, que já se torna entediante. Na primeira vez, sim, foi diferente. Então você tinha doze anos e nunca passara mais de uma semana longe de casa. A limpeza dos objetos, das paredes e dos pisos te veio de dentro e cresceu como uma impressão cálida e voluptuosa que durou mais de dois dias, até você mesmo se localizar entre aquelas paredes onde sempre tinha vivido, das quais pendiam como troféus lacerantes e familiares a lembrança da sua irmã e a ausência do seu pai.

Agora não existe nada disso. É a sétima vez que você volta de uma Escola no Campo\*, e a pobre Katia é só a essência da casa, uma visão esporádica,

---

\* *Escuela al campo*: sistema inaugurado em Cuba em 1966 e vigente por cerca de vinte anos. Consistia em levar os estudantes para participar do trabalho de fazendas e centros de produção agrícola, durante quarenta e cinco dias, principalmente nas épocas de semeadura e colheita. (N. T.)

esquálida e comovente, que te alegra com ideias incríveis; seu pai transformou-se em esquecimento, apenas um esquecimento que ressuscita os dias muito difíceis; e o cheiro de limpeza se dissolverá bem antes, sem deixar marcas, porque você mudou tanto que já consegue desprezar essa monótona recepção doméstica. Nem sequer pensa em abraçar Consuelo, em usufruir a felicidade que teus regressos lhe provocam e em ouvir a voz desenxabida com que ela anuncia, um a um, os presentes acumulados durante tua breve ausência. Você diz: tudo isso passou para a história, pois tem de se comportar como um homem e está convencido de que é esse seu dever, de uma vez para sempre.

Fato é que você tem muitas razões para sentir uma euforia especial com esse regresso. Será o último em alguns tantos anos. Só faltam quatro meses para terminar o curso pré-universitário, e na universidade não há Escola no Campo. Embora há algum tempo você venha notando que a intimidade da casa se torna cada vez mais sufocante, quase insuportável, prefere estar aqui de novo, dormir na sua cama macia e sentar-se com toda a comodidade na privada, sem pressa, sem se preocupar em contrair doenças terríveis. Você odeia latrinas. Além disso, com as notas do último período, está garantida sua vaga no curso de medicina, e você sorri sempre que se lembra disso. Mas está se sentindo feliz principalmente porque à noite vai sair com Adela e está decidido a transar com ela. Vai ser a primeira vez que você faz amor, a ideia te atormenta, te agrada e também te envergonha, porque vai começar muito tarde. Desde ontem está imaginando como será tudo. Gosta de imaginar, com cheiros, cores, sensações pressentidas, enquanto endurece até a vida. E, embora saiba que os conselhos e as experiências dos outros não servem para nada na hora da verdade, na hora da tua verdade, você deixou o Magro te explicar os trâmites para conseguir um quarto num motel e, como referências adicionais, deixou que ele falasse das posições ideais para deflorar uma donzela. Mas continua preocupado com o motel, a hospedagem, seus nervos, os olhares certamente zombeteiros.

Você tem outras razões para estar feliz, centenas de razões, mas nenhuma tão notável como essa. Não importa, então, que Consuelo não esteja em casa e que a recepção seja adiada. No entanto, sente pena ao imaginar o desespero dela na escadaria do curso pré-universitário, enquanto você descansa na cama da qual sentia falta nos dois meses desconfortáveis do trabalho voluntário. "As pessoas vão dizer que desci antes do ônibus. Então com certeza ela está chegando", você se justifica e pensa "o ruim é que o almoço vai demorar um tempão", então vai até a cozinha, confirma que o fogão está reluzente e vazio.

Você entra no quarto de Consuelo. Observa uma desordem especial, estranha à invariável limpeza da casa. A cama desarrumada, os travesseiros amarfanhados e a camisola na cabeceira daquela cama de casal larga demais para a solidão da sua mãe. Desde que seu pai se foi, você sempre achou que ali estava sobrando cama, que o carinho de Consuelo era mais suportável quando ela o dividia entre três. Mas, depois que Katia morreu e seu pai se foi, é todo para você e também é grande demais.

Senta-se na cama, a fome se revolve no teu corpo e você calcula que Consuelo saiu correndo porque estava atrasada para te receber. Ela, que é tão organizada. Você sorri, até descobrir numa dobra do lençol um cabelo branco e fino. O cabelo da sua mãe é grosso, desmesuradamente preto, incólume aos sofrimentos, a negação desse forasteiro descorado emboscado no lençol. Então, com facilidade inaudita transforma-se em certeza incontestável o que antes fora, eventualmente, uma dúvida intermitente e sempre considerada estúpida, mais ainda, absurda: a presença solícita e insistente do primo Sebastián, que nos últimos anos se transformara no homem capaz de resolver os problemas da casa e que talvez também tivesse servido para diminuir a amplidão delatora daquela cama. É incompreensível, novo, pensar em sua mãe como uma pessoa com desejos insatisfeitos, como uma mulher com possibilidades urgentes de sentir, tal como você, Adela e todos os seus amigos, que o sangue flui, acumula-se nas partes mais ocultas do corpo. Parece mentira, mas não há nada a fazer contra aquele cabelo branco e os dois travesseiros amarfanhados.

Você volta para seu quarto arrastando o pé no piso, desconcertado e incomodado por ter descoberto o que não se fazia necessário descobrir. Sem refletir, abre a porta do armário. Sua roupa está ali pendurada, limpa e passada. Abre a gaveta, tira com cuidado, como se fosse um cristal precioso, uma luva de beisebol, canhota, avermelhada, sovada com óleo de rícino. Você a cheira e a ajusta na mão direita, com estilo, bate-a para recompor o bolso que a falta de uso lhe tirou. Katia gostava tanto de te ver realizar essa cerimônia que tiveram de lhe comprar uma luva pequena, destra, para que ela fizesse a mesma coisa. Teria sido uma excelente jogadora de beisebol, tão bem aprendeu a pegar *rollings* com a luva ao contrário. Embora sua vocação fosse ser *manager*. Você lembra as tardes de domingo longínquas e agradáveis quando viam na televisão os jogos duplos dos Industriales contra os Orientales e Katia conseguia adivinhar com insultante facilidade as jogadas sofisticadas que Carneado ou Ledo ordenariam, o momento em que Ñico Jiménez sairia para o roubo de base ou o lançamento que Osorio rebateria fora do alcance do terceira-base e pronto. Você faz vários *wind-ups*, lança uma bola que só você e Katia puderam ver. Mas agora contempla a luva vazia, bate-a de novo, forte e no centro, e a põe de volta no lugar. Talvez tenha passado o tempo de imaginar jogos espetaculares, pensa. Talvez à noite você inaugure outro tempo, pensa. Talvez a tenha guardado porque lembrou que o primo Sebastián é quem aconselha amaciar as luvas com óleo de rícino, continua pensando.

Quando vai fechar a porta do guarda-roupa, você o vê. Está ali, azul, orgulhoso, fazendo seu coração bater num ritmo desmesurado. Não consegue acreditar, mas pega o cabide e diante de seus olhos reluz o *blue jeans* que você tanto desejou. Sem tirar os sapatos, tenta tirar a calça que se enreda nos pés e cai sentado na cama. "Sossega, cara", você diz e começa a fazer as coisas com calma. Antes de pôr o *jeans*, apalpa o brim rijo, olha satisfeito a etiqueta que vai despertar a inveja de seus colegas. "Levis Strauss & Co., Quality Clothing, Trade Mark." Com delicadeza, enfia-o pelas pernas, abotoa-o na cintura e dobra-o nas barras. "Nem fazendo sob medida", pensa, ao ver que está justo como te agrada. Então diz a si mesmo que sua mãe é fora de série, que pessoa de classe, porém o caso de Sebastián volta e se interpõe como um pecado inadmissível, imperdoável. Será que ela ficou louca, caralho?

Você se recosta na cama, joga a camisa e procura na carteira o retrato de Adela, disposto a pensar apenas nela e no efeito que ela sentirá ao te ver com tua inesperada Levis Strauss. É uma garota suave, viva e bonita, mas na fotografia oferece um sorriso grande demais, quase falso, como o das modelos da revista *Mujeres*. Você conhece Adela desde que entraram no curso pré-universitário, desde o próprio dia da matrícula, quando pediu à mãe dela que se fizesse passar por tua tia para poder se inscrever. Na época, você lembra, Adela tinha um namorado de bigode e cabeludo, da universidade, que todos os dias passava pontualmente para buscá-la, e ela parecia apaixonada para toda a vida, ao passo que você se perguntava quando dariam aulas na universidade, pois aquele cara sempre tinha tempo para buscar a garota. Ao começar o segundo ano, depois das férias, o namorado desapareceu. Então você tentou tornar mais íntima a amizade com ela. Embora tomassem ônibus diferentes, iam até o mesmo ponto e às vezes conversavam bastante à sombra de uma amendoeira amarela que estava perdendo as folhas uma por uma, falavam da vida e deixavam passar alguns ônibus, inclusive os que vinham invejavelmente vazios, e você imaginava que um dia a beijaria na despedida e na manhã seguinte voltariam a se beijar e conversariam, de mãos dadas, os vinte minutos de intervalo, e para sempre seriam namorados. Mas só teve coragem de se declarar ao começarem o terceiro ano.

E ela disse que não, que só te considerava um bom amigo, que só gostava de você como amigo, que loucura.

Ela te rechaçou tantas vezes que você pensou em desistir; outra loucura. Por sorte, o magro Luis te revelou a maior verdade do mundo: "Espere até irmos para o campo", ele disse, e seus olhos se apertaram, "porque, se formos num grupo misto, ali mesmo ela cai. Naquele ajuntamento desde a manhã até a noite, não há deus que resista de pernas fechadas. E ela vai com a tua cara, pode ter certeza, do contrário não ia aguentar seus encontros. Corto o saco se ela não entrar na tua".

O Magro tinha razão. Na segunda vez que você falou com Adela, debaixo dos louros do acampamento, ela te pediu dois dias para pensar bem, pois acreditava que você estava mesmo apaixonado e agora, assim são as coisas, te via de maneira diferente. "Não sei, já não te vejo como amigo", ela explicou naquela noite, enquanto os grilos se agitavam nos louros, e dois dias depois se tornaram namorados.

Adela foi sua terceira namorada. Antes foram Betty e Esther, embora por pouco tempo, tão pouco que você quase não pôde fazer nada com elas. Isso não deixa de preocupá-lo: olha-se no espelho e vê-se normal, igual a qualquer outro, lábios finos, olhos pretos cobertos por cílios esparsos, nariz um pouco grande, mas não demais, cabelo grosso e certamente duro. Mas agora se usa o *espendrún**. Ao se olhar no espelho, você tira essas conclusões e sempre aproveita para espremer alguma espinha safada. Além disso, é filho único, veste-se melhor do que muitos dos seus colegas, até tem uma Levis Strauss e toma cuidado para não exalar cheiro de sovaco nem mau hálito. Chegou a pensar, então, que são seus métodos que falham. Primeiro tem medo de se aproximar das mulheres, depois se apaixona e corre atrás delas. Não pode ser outra coisa. Você se apaixona e corre atrás. E sabe que isso é fatal. Todo mundo diz: com as mulheres, é preciso ser duro, dar-lhes dois remédios: cacete e preocupações. Com isso elas ficam mansinhas.

"Com Adela vai ser diferente", você pensa. A essa altura não podia negar que estava apaixonado por ela, ela sabia. Mas já estavam namorando fazia uns cinquenta dias e tinham feito quase tudo. Inclusive ela lavava suas roupas no campo, o que só acontece com as namoradas de verdade, pedidas e com anel. Embora à noite você vá selar o pacto de sangue – como diz o magro Luis –, quando você volta a imaginá-lo sente um leve tremor que te explode no peito, invade todo o corpo, como se o tremor tivesse se misturado com o sangue. Adela garante que é virgem, embora isso seja muito estranho, depois de ter tido um namorado de

---

* Jargão cubano para estilo de penteado afro. (N. T.)

uns vinte anos, da universidade... Mas ao percorrê-la com cuidado seus dedos terminavam a travessia na barreira flexível e segura que você vai perfurar à noite. Sente-se feliz, tão feliz que se assusta com a campainha da porta.

"Deve ser a velha", pensa, que está tocando a campainha para você mesmo abrir. Imaginando a recepção, você vai andando sem pressa, deslizando os pés sobre o piso, sem se lembrar do *jeans* que está usando e pensando num cabelo branco, muito liso. Alguns meses depois, ao recordar esse exato momento em que andava na direção da porta da sua casa, sentirá calafrios intensos e um mal-estar que transbordará o pesar e a dor a ponto de chegar às raias da alegria, e você se convencerá de que o mundo teria sido diferente se pudesse ter ficado na cama, sonhando com a virgindade moribunda de Adela... Não é mesmo, Coelho?

Era uns dez anos mais velha que ele, tinha os olhos maiores e mais pretos que já o tinham olhado, um sorriso fácil, ao passo que o cabelo – mais preto que os olhos – às vezes se tornava azul com o brilho do sol. No lado direito da boca, sobre o lábio, tinha uma pinta que parecia colocada ali com premeditação e franca aleivosia. Era alta, de coxas grandes, peitos eriçados. Mantinha-se com as mãos cruzadas nas costas e sorria com uma facilidade que obrigava a pensar que o riso compunha o estado natural de seu rosto.

– Você é Andresito, não é? – A recém-chegada tinha uma voz faiscante, suas sílabas brotavam fundidas e velozes.

– Sim.

– Rapaz, como ouvi falar de você. Um monte. Sabia que vinha hoje e já estava com vontade de te conhecer. O que eu não sabia é que já estava aqui. Sozinho, não é? Sua mãe foi buscá-lo no colégio, eu a vi sair cedinho, vim ver se já tinha chegado. Hoje me levantei cedo, não sei por quê... Por que está tão sério, garoto? Ah, não sabe quem eu sou. Sua mãe não falou de mim? Sou Cristina, a sobrinha de Fefa, e vim morar aqui...

– É mesmo – disse Andrés, assombrado com a beleza e a loquacidade irreprimível daquela mulher que não o deixava desvencilhar-se da surpresa e de quem sua mãe lhe tinha falado alguma coisa. "Ela é boa gente. Bem, parece boa. Mas é um pouco folgada ou meio louca", ela disse em uma das visitas que lhe fez, no acampamento.

– Ah, está sabendo. – E entrou com as mãos ainda cruzadas nas costas, até que, estatelada e displicente, deixou-se cair numa poltrona. – Como estou cansada... Vim buscar a carne que guardei na geladeira daqui. Ah, já vestiu a calça nova, hein? Mas, não se preocupe, eu espero Consuelo chegar. Ela não te disse que eu guardava a carne aqui?

– Sim, um dia – mentiu Andrés, sem saber por quê. No entanto, percebeu, sim, que estava se sentindo muito estranho e que Cristina o pegara desprevenido.

– Como foi no campo? Bem, não é?

Andrés esboçou um gesto afirmativo.

– Ainda bem, porque eu não aguento o campo. Bom, nasci num sítio e morei lá até outro dia, por assim dizer. Imagine só.

– Você não parece camponesa – disse e, antes de terminar, já tinha se arrependido de dizer aquilo.

– Claro que não. Porque na verdade não sou camponesa. Minha família, sim, mas desde que comecei o secundário fui embora para Cienfuegos.

– Que bom.

– Olha, que mochila mais suja.

– Sim – admitiu Andrés. – Onde eu estava a terra era vermelha.

– Ai, minha nossa! Daqui sinto o cheiro: está cheirando a camponês palmiteiro. – E seu sorriso cresceu. – Você gosta de café?

– Sim, por quê? Gosto...

– Quer que traga um pouquinho? Passei agora mesmo.

– Não, garota, não se incomode. Não sou viciado como minha mãe.

– Que maneira de conceber o café, cavalheiro! – Cristina abriu tanto os olhos que Andrés esperou vê-los rolar pelas faces e cair no chão. Então achou que conhecia aquele trejeito, aqueles olhos, aquele cabelo, tudo. Que algum dia tinha visto Cristina, assim, muito perto dele.

– Você se parece com alguém.

– É? Com quem? Com alguma namorada que você teve, decerto.

Andrés pensou quem dera, e seu estômago revirava, lhe dava um soco, e ele sentiu o rosto corar.

– Não, garota – conseguiu dizer –, você se parece mesmo com alguém.

– Nunca tinham me dito que eu me parecia com alguém... Escuta, garoto, senta porque você não vai crescer mais – disse ela, observando-o detidamente. Levou um dedo aos lábios, meditando: – Embora precisasse um pouquinho.

Andrés teve de rir. Aquela mulher era inverossímil, e, se não tivesse namorada, com certeza acabaria apaixonado por ela.

– Você se parece com alguém – repetiu ele –, está na ponta da língua.

E ouviram o portãozinho do jardim se abrir.

– Consuelo chegou – disse Cristina.

Finalmente vieram os beijos e os abraços, a alegria arrebatadora de Consuelo, maravilhada com a calça que lhe ficava tão bem, embora ele estivesse tão magro. Depois Andrés teve de contar, tal como nas seis vezes anteriores, a história interminável dos dois meses que tinha passado no campo. Era nesses momentos que ele mais sentia falta de Katia, que conseguia ficar duas horas contando uma história inventada e capaz de satisfazer todos os gostos. Mas ele não se parecia com Katia e só falou da comida, do trabalho, da viagem de volta, pois os olhos de Cristina afogavam sua tímida expressividade e, além do mais, ele estava convencido de que a mãe jamais entenderia nem a metade daquelas coisas, sobretudo desde que passara a esquecer cabelos brancos e alheios nas dobras de seu lençol desonrado.

II

Ainda pensava que a vida podia ser algo tão simples como ter uma namorada bonita e levá-la a um parque florido e escuro, conversar com as mãos entrelaçadas, roubar pequenos beijos no momento oportuno, sentir-se alheio ao calor e ao tédio dos dias sem meta, falar de coisas tão simples como essa vida: um jogo de beisebol, uma lembrança doce, um filme triste. Deixar para trás o banco do parque, incendiado de desejos, e ter um lugar remoto, propício e cúmplice onde os beijos roubados crescessem até se tornarem quentes banhos de saliva, onde as roupas pudessem ser lançadas no esquecimento, fazer amor simples e intensamente, até a derradeira exaustão. Sempre quisera desfrutar essa felicidade que outros com frequência conseguiam do modo mais fácil, ao passo que para ele se tornava intangível, escorregadia, levando-o a pensar que nem sempre a vida era tão simples, que os parques almejados, as namoradas bonitas e toda aquela felicidade sonhada talvez não fizessem parte de seu destino.

Assim ele pensou naquela noite, quando saiu com Adela e não aconteceu aquilo de que tanto necessitava. Consuelo lhe dera vinte pesos e, encilhado com seu *blue jeans*, cheio de intenções estudadas, decidiu levar a namorada ao bar La Red, então famoso pela qualidade da música e pela intimidade dos estofados. Pensava em fazê-la beber até que estivesse bem alvoroçada e depois procuraria aonde levá-la.

No início, sentiu-se muito bem, embora Adela mal tenha reparado em sua calça. Tomaram vários *ron collins**, mais que insípidos, dançaram, se beijaram e se morderam durante três horas. Dançaram uma fita quase inteira de Barry White, que tinha a canção que Adela preferia entre todas do mundo, "Tema de

---

\* Drinque à base de rum, com suco de limão, açúcar, soda e gelo. (N. T.)

amor". Dançaram agarrados, roçaram-se suavemente e com precisão, ao ritmo da música. Era cerca de meia-noite quando Andrés disse:

– Ade, quero ficar com você.

Ela não respondeu, mas lhe deu um beijo longo e úmido, e eles saíram do bar.

Caminharam sem pressa até o Malecón, comentaram alguma coisa sobre as estrelas ou o horizonte e depois rumaram para oeste, na direção da desembocadura do rio. O mar descansava plácido naquela noite de inverno, emanava uma brisa fria e indolente. Caminharam abraçados e em silêncio, porque estavam pensando. À medida que se aproximavam do rio, percebiam as mudanças bruscas de cheiro que o mar registrava: primeiro, simples cheiro de mar, de mar e sal; depois de madeira úmida, rachada; no fim fedia a petróleo, urina e porto fechado.

– Vamos entrar em algum lugar – disse Andrés e se sentiu como se tivesse jogado uma moeda para o alto. Só poderia ser cara ou coroa, e com uma das duas faces estaria tudo perdido. Foi essa a sensação. Seus nervos funcionavam como os de um jogador, e o medo de que Adela se negasse toldou os outros temores.

Com o ar do mar os olhos da jovem tinham se desanuviado da sonolência produzida pelos *ron collins*.

– Onde? – respondeu ela, encarando-o.

Andrés mordeu a língua, acendeu um cigarro do maço que tinha comprado no bar e lançou no ar o fósforo apagado. A moeda tinha caído de lado, mantinha-se num equilíbrio precário. Adela estava tornando mais difícil algo que para ele já era bastante difícil.

– Ah, gata, um lugar para estarmos a sós – disse ele, acumulando toda a tranquilidade que lhe restava.

– Um motel? – perguntou ela, com voz quase inaudível, desolada.

– Bem, sim, isso mesmo. Claro que é isso. Claro que é isso. O que você achava?

– Não, Andrés, não. Aí, não... aí, não.

– Mas ninguém vai nos ver.

– Não é por isso, você sabe. Não me importa que as pessoas fiquem sabendo.

– Então por quê? – insistiu. A raiva começou a substituir o nervosismo e ele pensou: "Que saco, ela". Assustava-o a possibilidade de não acontecer o que tinha previsto, de que a vida não fosse uma coisa tão simples.

– Dizem... as pessoas dizem que é um lugar horrível, que tem fila para entrar e até as paredes têm buracos para olhar quem entra... Não, por favor... É uma bobagem, mas sempre pensei que a primeira vez seria muito bonita.

– E o que você quer, então?

Andrés perdeu trinta minutos tentando convencê-la, querendo mostrar que com dez pesos não poderiam nem entrar no elevador do Habana Libre. Sentia raiva por seus planos desmoronarem e por um capricho de Adela ser suficiente para que ele continuasse arrastando a perturbadora castidade que naquela noite deveria chegar ao fim. Não lhe importava como seria a primeira vez, quase não lhe interessava com quem seria, pois estava convencido de que a partir daquele instante a vida ficaria muito mais agradável. Tinha de começar, de qualquer jeito, e precisava virar a moeda que estava decretando sua derrota.

– Outro dia pode ser... – teimou a jovem.

Andrés assumiu aquilo como um fracasso, que lhe provocava maior desejo de fazer amor com ela. Mas naquela noite o desencanto foi substituindo o amor, e ele chegou a pensar que, se algum dia brigasse com Adela, nunca voltaria a ter uma namorada virgem, pelo menos enquanto não fosse para se casar. Faria como o magro Luis e assim não teria aqueles problemas.

Tomaram o ônibus na saída do túnel e fizeram a viagem em silêncio. Adela olhava para fora, o vento batia-lhe nos cabelos, e Andrés pensou em Cristina. Preferia a absoluta naturalidade daquela moça, tão diferente de suas colegas do pré-universitário, da própria Adela, que agora se revelava calculista e afetada, incapaz de esquecer todo o romantismo para se lançar na cama experimentada de um motel qualquer. Despediram-se com um beijo inútil na face.

Quando passou em frente da casa de Cristina, na hora mais doce da madrugada, Andrés voltou a pensar que a vida não era uma coisa tão simples, mas também que Cristina tinha uns olhos bonitos e lembrou afinal com quem ela se parecia. Sentiu vontade de acordá-la, pois queria confirmar sua descoberta e, simplesmente, porque estava com vontade de vê-la, de falar com ela, de apagar da memória a tolice de Adela.


Na sexta-feira Andrés se levantou cedo. Antes de voltar a Havana as pessoas de sua classe tinham combinado de ir naquele dia à praia e deveriam se reunir atrás do Estrella às nove da manhã em ponto. "Mesmo que haja chuva, raios e trovões", disseram, e Andrés tinha de buscar Luis, o Magro. Adela ia com Margarita, a peituda.

Quando entrou no banho, lerdo e viscoso, ouviu uma conversa na cozinha. Animou-se na mesma hora. Sua mãe falava com Cristina, e ele teve a impressão de ouvir as palavras "carne", "porão" e "porra". Lavou o rosto, vestiu a sunga azul, que era sua preferida. Lutou com o cabelo até conseguir arrumá-lo e foi para a cozinha.

– Olha, chegou Charles Atlas – disse Cristina, quando o viu só de sunga, e começou a rir.

Na hora, Andrés se aborreceu com o gracejo da moça, com aquela familiaridade insolente, e pediu à mãe que preparasse seu café da manhã. Consuelo estava vigiando a cafeteira.

– Ora, garoto, foi brincadeira. Fica bem em você. – Ela voltou a sorrir e pôs a mão em seu ombro. Mão quente como se estivesse carregada de eletricidade. – Vai à praia?

Andrés fez que sim.

– Esses jovens não têm jeito – suspirou Consuelo, diante do fogão. – Ir à praia em fevereiro! Onde já se viu? Sabe de uma coisa? Em fevereiro só vão à praia os russos e os idiotas. E você não é russo…

– Está calor – replicou Andrés e olhou para Cristina. – Já sei com quem você se parece.

– Ah. Com Esther Borja…

– Não enche, eu sei mesmo.

Andrés a olhou direto nos olhos, até que outro olhar, o de sua mãe, começou a lhe arder no pescoço, com tanta persistência quanto o cheiro do café recém-coado.

– Você tem de cortar o cabelo – sugeriu Consuelo.

– Tudo bem, com quem? – perguntou Cristina.

– Depois te digo. – E observou-a de novo.

– Que mistério é esse? – Ela estava séria, por trás da nuvenzinha efêmera que saía da sua xícara de café.

– Não entre na água hoje, estamos em tempo de ressaca.

– À noite você vai estar em casa?

– Acho que sim.

– Tome cuidado, se comer alguma coisa não entre na água…

– Sim ou não?

– … de barriga cheia – terminou Consuelo.

– Acho que sim, nunca se sabe.

– Você tem dinheiro?

– Então te digo depois – disse ele, sorrindo, e engoliu o copo de café com leite que Consuelo lhe oferecia.

– Pão não, para poder entrar na água… Bom, decerto não vai entrar por causa da ressaca.

— Agora estou com pressa, vou me atrasar. — Voltou para o quarto e um minuto depois saiu correndo, com a camisa aberta, abotoando a calça, enquanto Consuelo gritava suas últimas recomendações:

— Volte cedo.

Andrés adorava praia, bater contra as ondas, revolver-se na areia e catar conchinhas que depois abandonava, pois nunca chegou a saber como poderia utilizá-las. Também gostava porque não tinha nada a ver com sua casa. Mas para ele nunca a praia tinha sido tão chata. O mar estava frio, raso e brincaram de tudo o que lhes passou pela cabeça, mas ele estava desanimado e distraído. Adela e até Luis, o Magro, notaram, e ele lhes explicou que não estava acontecendo nada e foi o primeiro a propor que fossem embora, às quatro da tarde.

Ao chegar ao bairro, dirigiu-se à casa de Cristina. Sentia-se estranho com tanta vontade de vê-la. Poucas vezes se sentira tão estranho e nunca tinha acumulado tanta vontade de ver alguém. Empurrou a porta e chamou. Chamou duas vezes, e Cristina saiu do quarto, enrolada num roupão louco de flores e com uma toalha na cabeça formando um turbante de felpa amarela. Cristina oferecia um cheiro de pele limpa, esfregada.

— Tomei banho agora mesmo, de água fria — confessou ao jovem, que tentava não olhar para ela. — Que tal a praia?

— É, mais ou menos.

Cristina olhava para ele, e Andrés sentia cravado na pele o peso de seus olhos.

— Você gosta mesmo do mar?

— Sim, claro — respondeu ele. A pergunta o tinha surpreendido.

— E como estava?

— Um pouco bravo — explicou, sem saber por que estava mentindo.

— Eu odeio o mar — afirmou ela, apertando a toalha em torno da cabeça.

— Por quê? Como é possível odiar o mar?

— Não sei. Nunca gostei, mas, não se preocupe, é bobagem minha. Venha cá — pediu ela, e foram para o quarto.

Qualquer um diria que cinco minutos antes ali estivera o vórtice de um ciclone. A moça sentou-se na cama, diante do espelho e desprendeu o cabelo, que começou a se soltar como a asa de uma pomba preta.

— Venha, sente-se aqui — disse ela, batendo na cama a seu lado.

Andrés abriu um espaço na miscelânea de objetos e roupas e se acomodou, próximo demais de Cristina, dentro do diâmetro em que o cheiro de sua pele se transformava em martírio. Olhou-a no espelho.

— Você se parece com a Natalie Wood, uma artista de cinema — disse e esqueceu a introdução que tinha preparado, uma perigosa introdução que o colocaria em condições de atacar, conforme a reação da moça. Mas ele sempre esquecia as introduções elaboradas, as datas dos aniversários, os livros de cada autor que estudava no pré-universitário e, dessa vez, quando Cristina sorriu, só pensou que ela se parecia muito com Natalie Wood.

— Eu sabia, bobo. Todo mundo me diz isso.

— E por que não me falou?

— Para ver se você chegava lá sozinho. As pessoas devem chegar sozinhas, não acha? — contemplou-o através do espelho e começou a se pentear.

Andrés sentia que o perfume da pele limpa ia aumentando e sabia que os últimos botões do roupão estavam abertos, mas não se atrevia a baixar o olhar. O cheiro o estonteava.

— Natalie Wood tem os olhos muito grandes — atreveu-se a dizer, e ela sorriu. "O que digo agora?", pensou, sem deixar de olhá-la. Queria dar impressão de maturidade, mas Cristina se penteava impávida, repetidamente, o cabelo preto agora transformado no fino tecido de uma chuva escura abria-se sobre sua cabeça e lhe roçava os ombros. Naquele momento só o cabelo parecia preocupá-la.

— Vou embora — disse ele, depois de pensar um instante.

— Não, garoto… Só ia me dizer isso? — E largou o pente. — Fique mais um pouco, gosto de falar com você. Com você e com todo mundo — acrescentou sorridente, dando um giro para ficar sentada diante dele, com uma perna cruzada debaixo da coxa. Andrés não teve como deixar de olhar suas coxas. Ela estava como se não se importasse, e ele ficou tão nervoso que foi incapaz de se excitar.

— Por que está morando aqui?

— Não, é que minha tia estava se sentindo mal e foi para a casa da minha outra tia, onde eu estava morando. Esta casa ficou vazia e eu a pedi emprestada. Menos amontoado lá, menos aqui. Não gosto muito da casa, menos ainda do bairro, muitíssimo menos da decoração, mas continua sendo em Havana, e fico mais tranquila.

— E não está trabalhando?

— Não, senhor juiz — disse ela e riu alto.

Ele se sentiu tomado pela vergonha e pensou que sempre lhe aconteceria isso com Cristina. Ela ia por onde ele não esperava, seu riso era irreverente e essencialmente alegre.

— Não fique bravo — disse ela, então.

— Bravo?

– Gosta de pintar?

– Não, sou muito ruim nisso.

– Pois é a coisa mais linda do mundo – disse ela, apoiando-se nos cotovelos. – Quer que eu te mostre o que pinto? – perguntou e já foi se levantando. Abriu o armário, de onde tirou um grande envelope amarelo. Voltou para a cama e ele se pôs de pé.

– Você estudou pintura?

– Um pouco... Olha, isto eu não mostro para ninguém – avisou e apalpou o envelope carinhosamente. – Não sei por que vou mostrar para você. – Estalou a língua e tirou do envelope um maço de folhas de cartolina.

Uma por uma, com certa lentidão que não lhe era própria, foi passando as cartolinas para Andrés, como se estivesse mostrando as fotos de um casamento muito desejado... E começaram a surgir cavalos, muitos cavalos, e homens e mulheres iam nus sobre eles. Homens e mulheres que se abraçavam com amor visível, infinito, indispensável, e rajadas de diminutas borboletas, certamente brancas, e os cavalos corriam com as crinas levantadas ao vento. Cavalos grandes, velozes, bonitos. E pombas fantasiadas de flores, e Andrés observava em silêncio. Nunca entendera de pintura, não sabia nada de proporções, sombras e luzes, vivia alheio àquele mundo, mas aquilo lhe parecia diferente. Achou o desenho delicado, carregado de nostalgia e sonhos.

– Por que não os mostra para ninguém?

– Ainda não – disse ela. – Além disso, esses não são para mostrar. Mas algum dia todo o mundo os verá e talvez me agradeçam. Claro que vou sair nos jornais. Gostaria muito de sair nos jornais, inventando como cheguei à pintura e o que quero dizer com cada desenho. Juro que eu gostaria.

Andrés estava com a última folha nas mãos. Nela havia uma pessoa esbelta, muito jovem, mas ele não conseguia definir o sexo. Estava envolta em borboletas e flores-pombas, e de suas costas brotava algo como duas asas desarticuladas. Jazia na relva. Ao longe, entre árvores maiores que a folha de papel, aparecia a cabeça de um cavalo triste e preto, talvez doente. Na borda inferior, ele leu "Derrota".

– Alguma vez você viu um anjo? – perguntou Cristina, passando a língua pelos lábios e saboreando a pinta delicadamente.

– Não.

– Pois precisa tentar ver. Alguma vez na vida é preciso encontrar um anjo. Eles se parecem tanto com os homens... Mas são diferentes, ninguém consegue pegá-los, porque nos batem com as asas. Forte e no rosto. Só dá para agarrá-los quando estão com as asas quebradas. Mas suas asas são tão fortes que é muito difícil elas se quebrarem. É dificílimo!

– E este?

– Sim, foi pego assim.

– Por que você inventa essas coisas?

– Porque é verdade. Um dia você vai ver.

Andrés achou que sua mãe tinha razão, que naquela mulher havia algo muito estranho, fora do comum, definitivamente diferente, e outra vez sentiu-se estonteado. Ela o aturdia com os olhos, o cheiro de sua pele e agora aqueles cavalos, flores, pombas, borboletas e o anjo de asas quebradas.

– Vou me vestir – disse Cristina, de repente, e começou a recolher as cartolinas. – Daqui a pouco vêm me buscar.

– Então vou embora. – Andrés se dispôs e fez menção de se retirar. Estava incomodado.

– Não, espera, vamos continuar falando – disse ela, enquanto remexia no armário, até tirar um vestido preto de sanefas brancas.

– Quem vem te buscar?

Ela entrou no banheiro e respondeu de lá.

– Um amigo. Um pretendente, pode-se dizer.

– Mas quem é?

– Você não conhece… É diretor de alguma coisa, não sei. Uma vez me disseram que era um cara muito bruto. Eu não acho… Mas às vezes é um cara muito mole, muito mole – gritou ela.

– E você gosta dele?

– Não pode ter filhos.

– E você gosta dele?

– Às vezes parece um infeliz.

– Mas você gosta dele?

– Para com isso, senhor juiz – protestou ela, ao sair do banheiro. – Ajuda aqui – pediu a jovem, virando de costas.

Andrés se aproximou para subir o zíper e observou que pelas costas dela não passava nenhuma alça de sutiã. Então sentiu uma explosão entre as pernas, a explosão que tanto estava demorando e que finalmente era provocada pela ausência de um sutiã mais que pela presença nítida das coxas que continuava viva em seus olhos.

– Vou embora – sussurrou ele, ao terminar.

– É verdade que você joga beisebol?

– Sim.

– Eu também jogava... Era ótima segunda-base e rebatia muito. Como eu rebatia bem – disse ela, imitando um rebatedor e indo para o espelho terminar de se arrumar.

Estava quase escuro, mas não acendeu a luz. Andrés não estava com vontade de ouvir o que ela contava.

– Escuta, e de teatro? Você não gosta?

– De teatro?

Cristina olhou para ele e seus olhos diziam que a pergunta tinha sido muito clara.

– Não sei, na verdade – respondeu o rapaz. – Fui uma vez e não gostei. Depois não fui mais. A peça se chamava *Llevame a la pelota*\* e não era sobre beisebol. Fiquei muito entediado.

– Você é um selvagenzinho – disse Cristina, que riu, e ouviram alguém bater à porta, ritmadamente e com um objeto metálico.

– Entre – gritou ela.

O homem chegou sorrindo e fazia isso muito seguro de si. Ela disse "este é Andrés", ele tossiu um par de vezes e se apresentou como Román, "Rodolfo Román", esclareceu depois, oferecendo a possibilidade de pensar que fosse importante ou necessário. Vestia um safári azul-celeste feito por atacado – que deixava de ser celeste na penumbra do quarto –, era mais baixo que Cristina, ainda que tivesse mais de um metro e meio. Tinha os olhos ridiculamente separados e mãos sardentas. Ostentava uma boca reta, aparentava qualquer idade entre quarenta e sessenta anos, mas talvez não chegasse nem aos quarenta. Seu cabelo era ralo, grosso e amarelado, como brita molhada. Andrés já o odiava veementemente e, sem pensar muito, convenceu-se de que se tratava de um bruto perfeito e de um terrível infeliz. O homem contava a Cristina a história de uma mulher que tinha caído numa escada, e a cada cinco palavras introduzia um caralho e duas tossidas. Não parava de rir.

Ela continuava diante do espelho. Andrés a olhou.

– Até logo – disse ele.

Cristina e seu amigo responderam o mesmo. Saiu da casa e viu um Moskvich\*\* estacionado em local proibido na rua. "Tomara que leve uma multa, desgraçado", disse para si mesmo, cuspiu no para-lama e voltou-se para sua casa, de onde vinha o som de peças de dominó colocadas com vencedora violência. "Foda-se a buceta da minha mãe", disse a si mesmo, ao pensar no primo Sebastián.

---

\* Leve-me ao jogo de beisebol. (N. T.)
\*\* Antigo automóvel soviético produzido entre os anos 1960 e 2000. (N. T.)

# III

Então começou a sonhar com ela. Sonhava todas as noites – e não só com Cristina, mas também com seus cavalos, suas flores, suas pombas e até com o anjo. Eram sonhos cansativos, irrecuperáveis ao amanhecer, que lhe davam a sensação de estar obcecado por um fantasma quase invisível. Entretanto havia uma imagem persistente que, essa sim, conseguia lembrar: beijava Cristina, despia-a sem pressa e se jogava com ela num capinzal verde, espumoso, que não provocava prurido. Gostava do cheiro daquele capim, que exalava o mesmo perfume da dama-da--noite. Sentia tudo perfeitamente, embora assistisse à cena como um espectador distante. Mas, exatamente na hora de penetrá-la, Andrés perdia o distanciamento. Introduzia-se no personagem que vira atuar e despertava apertando o sexo, sem conseguir evitar uma ejaculação abundante e perolada que o exasperava. Jamais conseguia possuí-la naquele sonho recorrente; sempre se antecipava, e atribuiu isso a seu desconhecimento: como na realidade não tinha feito amor, também não sabia fazê-lo em sonhos.

Andrés voltou a vê-la no dia em que recomeçaram as aulas. Saiu muito cedo e a encontrou debruçada na janela da casa que dava para o alpendre. Estava com os braços apoiados no batente, a cabeça apoiada nas mãos entrelaçadas. O sol, oblíquo, banhava-lhe o rosto e parecia uma fotografia enorme, amarela, muito antiga, pendurada na parede. Cristina sorriu para ele, que a cumprimentou com um movimento de cabeça e apertou o passo, para fugir dela e chegar cedo à escola.

Naquele dia Andrés e os colegas decidiram não entrar em aula. Passaram a manhã conversando e gritando na escadaria do pré-universitário, junto da base da estátua que ninguém conseguira identificar. Nenhum deles tinha cortado o cabelo, e todos exibiam as jubas que tinham cultivado durante a permanência no campo. O cabelo de Luis, o Magro, chegava-lhe aos ombros, e ele movia a cabeça para trás para senti-lo melhor. Eles se viam estranhos, desconhecidos para si mesmos, com a mescla insólita do uniforme com o cabelo comprido.

Pello tinha levado seu gravador e ouviram os cassetes inteiros de Rare Earth, Chicago e Elton John, que começava a entrar na moda com "Benny and the Jets". Margarita, a peituda, que morava perto do pré-universitário, foi até sua casa e trouxe mais dois cassetes, um de Nino Bravo e Serrat – de que só as meninas gostavam – e o outro dos Beatles. Ouviram duas vezes o dos Beatles e discutiram muito, comparando Nino Bravo a Tom Jones e Raphael.

Para eles era agradável ficar ali, fumando despreocupados, e, a cada vez que um professor entrava ou saía, aumentavam o volume do gravador e alguém – quase sempre Pello – fazia uma dancinha. Depois de dois meses no campo viam os professores como amigos e os professores mais jovens aceitavam complacentes e resignados aquela familiaridade.

Por insistência do Coelho, brincaram de refazer a história, sua obsessão, e, como ele havia lançado a ideia – sempre a lançava –, começaram por seu tema favorito.

– O que teria acontecido – disse ele, então –, vamos lá, senhores, o que teria acontecido se a sublevação de Aponte* e dos escravos negros tivesse triunfado? – E olhou para os colegas com cara de criança impassível, tentando cobrir seus dentes prodigiosos com o lábio superior.

Mas aquilo exigia muita concentração, por isso Luis, o Magro, procurou um terreno mais propício.

– O que teria acontecido se não tivessem inventado a escola?

Eles riram, repetiram as melhores histórias dos meses no campo e falaram de todas as matérias, pois precisavam acostumar-se à ideia de que ainda faltavam dois bimestres de aulas e teriam de passar numa carteira escolar cinco horas por dia, de cabelo cortado, o que não era tão fácil para eles. O cheiro da universidade próxima os transtornava. No fim, o magro Luis contou mais de trinta histórias de Pepito, outras de negros e de chineses, que sempre acabavam se dando mal.

Adela ficou todo o tempo ao lado de Andrés. Não o largava e passava-lhe o braço sobre os ombros ou brincava com seus dedos, limpava-lhe as unhas e perguntava-lhe se gostava de cada música. Antes ele teria dado tudo para vê-la

---

\* José Antonio Aponte, militar e ativista cubano de origem ioruba, chefe de uma importante rebelião de negros escravizados, em 1812. Foi preso e enforcado em 9 de abril de 1812. (N. T.)

assim, mas naquela manhã exasperava-o uma promiscuidade que achava vã e maçante. Já não sabia o que fazer com a namorada.

O mais importante para ele foi saber que naquela semana começariam os treinamentos. No sábado haveria jogo de exibição e no fim de março teria início a série provincial.

E Andrés se atordoou com as aulas e os jogos de beisebol.

Na sexta-feira não houve treinamento, e ele dormiu a tarde toda. Acordou mais pesado, rígido e irritado que de costume. O sonho recorrente também havia se apossado das tardes, e ele não conseguia se lembrar de nada. Foi à cozinha para tomar café.

– Cristina disse para você ir vê-la – informou sua mãe. Qualquer um perceberia que estava dando o recado a contragosto.

Quando bem acordado, Andrés decidiu ir vê-la. No alpendre da casa, o primo Sebastián e seus amigos já tinham organizado uma partida de dominó. Andrés não estava com vontade de encontrar os mesmos velhos de sempre, aqueles amigos de Sebastián que talvez conhecessem com riqueza de detalhes o caso vergonhoso de sua mãe, contado por Sebastián com a mesma desfaçatez com que o magro Luis relatava as histórias proibidas de suas frequentes conquistas.

Pulou o muro do corredor e atravessou dois quintais para chegar à casa de Fefa. No quintal de Fefa encontravam-se os caracóis mais resistentes para jogar cinco-marias, os de espiral mais dura, os que mais suportavam golpes. Lá Katia tinha catado um campeão, com o qual Andrés destripou trinta e dois adversários e que sempre caía com o casco para cima quando o jogavam para decidir quem começava a bater. Um dia, para demonstrar sua força invencível, ele o martelou com o salto da bota. O caracol se desfez, e Andrés chorou na frente dos amigos, sem a menor vergonha. A lembrança, no entanto, o constrangia.

Cristina estava no terraço, suspensa ao último raio de sol da última tarde de fevereiro. Sorriu ao ver o rapaz e disse:

– Convido você para ir ao cinema.

Andrés sentou-se no chão, encostado numa coluna.

– E por que isso?

– Por nada, quero ir ao cinema.

– E teu amigo? – perguntou o jovem e pensou que talvez tivesse ido longe demais.

– Eu te devo alguma explicação?

— Não, acho que não.

Olhou-a: ela parecia triste, e Andrés pensou em lhe contar a história dos caracóis. Mas também era uma história triste. A amiga lhe disse:

— É sempre igual. As coisas não são como a gente pensa. Às vezes acho que não vale a pena insistir e continuar do mesmo jeito. Mas insisto porque acredito que um dia vai ser diferente. Sempre acho que agora vai ser diferente. O pior é que já não sei que porra é o diferente e vou me desgastando, vou me cansando...

— Não estou entendendo — resmungou Andrés. Sentia-se bem e culpado.

— Eu queria desaparecer deste bairro, daqui... — disse ela, que foi até o varal do quintal e começou a recolher a roupa lavada.

Andrés a observou e pensou que talvez o diferente fosse ela.

— Não gosta do bairro?

— Não é isso... Mas, de qualquer modo, eu seria louca rematada se gostasse. É campestre demais às vezes, embora não tenha nada do campo. — Acomodou a roupa no espaldar de sua cadeira. Voltou a sentar-se e olhou para o jovem. — Aqui a poeira é cinzenta ou preta. — Levou um dedo ao chão e depois o examinou detidamente.

— A poeira é assim por causa dos ônibus. Agora há ônibus e caminhões demais. Mas o bairro sempre foi bom para morar. Igual a outro qualquer, acho que até melhor que muitos que as pessoas preferem.

— Não vejo nada de extraordinário nele — insistiu Cristina e inclinou-se para a frente, apoiando o cotovelo no joelho e o queixo na mão. Estava com os olhos pretos, muito brilhantes, e o cabelo revolto.

— Mas ele tem. Creio que perdeu um pouco de personalidade. Quando eu era pequeno, o bairro tinha outros encantos, não sei bem quais. Tudo era menor, as pessoas se conheciam e se cumprimentavam. Agora há milhões de pessoas que a gente nunca viu. Eu ia com meu pai à casa da minha avó, e na entrada do cinema e no ponto de ônibus sempre havia um grupo conversando. Porém, desde que o bairro cresceu, os moradores e as coisas mudaram. Muitos foram embora, alguns para muito longe...

Ele olhou pelo corredor, como se tentasse encontrar na rua o que tinha dito.

— Deve ser porque você também cresceu — afirmou Cristina. E perguntou em voz mais baixa: — E a história do seu pai?

Andrés olhou para ela. Depois ergueu os ombros e piscou um par de vezes.

— Acho que nunca irei embora daqui — disse ele, cruzando os braços. Seus olhos brilhavam tanto quanto os de Cristina.

— Por quê? Não gosta de mudar de ambiente, de viajar...?

– Claro que gostaria. Mas também gosto do bairro e da minha casa. Sobretudo do meu quarto. Gosto de sair, mas de voltar rápido, como meu avô, que não aguentou ser marinheiro porque ficava muito tempo longe disto tudo. Veja, meu bisavô nasceu lá onde fica o correio velho. O pai dele chegou ali na época da Guerra dos Dez Anos. Era um campo desolado. Meu tataravô era um canarino medroso que veio para cá em busca de tranquilidade e, antes, pegou uma camponesinha de Cotorro.

– Tua tataravó, claro.

– Diz meu avô que a conheceu e que, já velha, ainda tinha o cabelo muito preto. Diz que ainda era linda. Depois disso, toda a minha família morou aqui – contou ele, pensando na fuga de seu pai.

– Isso é bonito.

– A pátria deve ser isso, você não acha?

Ela ergueu os ombros, esticou os lábios e sorriu pela segunda vez naquela tarde.

– Deve ser... Comigo acontece uma coisa parecida com nosso sítio. Mas só volto para passear e comer porcos. Aquilo é lindo, mais lindo do que você pode imaginar. E gosto de lá, sabe? Mas eu tinha de dar um fim naquilo. Já bastava de lama, pássaros, bosta de vaca, carrapicho... acabou-se.

Mas Andrés continuou falando do bairro, das melhores árvores de manga, do rio e das *biajacas**, dos jogos de beisebol na esplanada da pedreira, que tinham de ser interrompidos durante vinte e cinco minutos cada vez que se preparava uma explosão, das rodas do engenho inominado que brotaram da terra levantando o chão de uma casa, do dinheiro que crianças juntavam em La Loma de la Brujería depois de lavar a mão esquerda com urina, da autêntica Yoya, a gorda, mulher de duzentos quilos que vivia no alpendre da casa porque não conseguia passar pelas portas, cobria-se com dois lençóis amarrados com cordões, pois não havia roupa para ela, e só comia creme de chocolate: dois baldes por dia. E até pensou em falar de Campana, o negro caminhoneiro com fama de sodomita que triturava seis bolachas com um golpe de seu rabo calejado, mas preferiu revelar algo que sempre convencia os forasteiros: o nome das ruas. Carmela, Isabel, Anita, María Luisa, Estela, Altagracia e centenas de nomes bonitos e femininos, aos quais ele teria acrescentado Cristina e, é claro, Katia, para a rua mais luminosa.

– Carmela foi minha tataravó. A rua se chama assim por causa dela.

---

\* *Biajaca* (*Nandopsis tetracanthus*) é um peixe comum nos rios de curso rápido de Cuba. (N. T.)

– É lindo – admitiu Cristina. – Mas não há nenhum flambuaiã. Como é possível que ninguém tenha tido a ideia de semear um flambuaiã ou pelo menos um oleandro, em todo este bairro?

Andrés notou que, embora replicando, a voz de Cristina estava mais suave.

– Sabe que eu tenho um cachorro? – disse a moça, de repente.

Contou que todas as manhãs passava em frente da casa dela um velho, quase cego, acompanhado de um cão. Os dois eram muito magros. Depois, à tarde, o velho e o cão voltavam, andando devagar, certamente cansados. Moravam a três quadras dali, e Cristina gostava de vê-los passar.

Certa manhã, "no dia em que você chegou do campo", ela explicitou, o cão passou sozinho. E à tarde a mesma coisa. Então ela o seguiu e viu que, ao chegar à casa onde o velho morava, ele farejava a porta e se deitava no chão.

– Indaguei dos vizinhos e me disseram que tinham levado o velho para um asilo. Disseram que estava doente, que ia morrer porque quase não comia. O pior era que não aceitava comida de ninguém e, quando tinha algum alimento, dividia com seu cão. Então decidi levá-lo comigo.

Cristina contou que tinha passado a mão no animal. Disseram que se chamava Felipe, e, repetindo seu nome, ela o fez ir até sua casa. Deu-lhe comida, mas depois o animal voltou para a casa do dono.

– Ele estava muito triste, mas você tinha de ver seus olhos quando lhe dei comida.

Desde aquele dia, Felipe vinha todas as manhãs, na hora em que antes passava com o dono, e Cristina lhe dava algo para comer. Ele ficava o resto do tempo no quintal, escarafunchando entre as pedras ou olhando para a rua. Estava procurando ou esperando alguma coisa. À tarde ela lhe dava de comer novamente, e Felipe, como se fosse puxado por uma corda, voltava para a casa do velho e dormia junto da porta.

– E quando você não está?

– María lhe dá de comer – explicou Cristina. – Ela não tinha cachorro porque não queria que acontecesse o mesmo que com o velhinho. Também está muito velha, mas gosta de Felipe e sabe que vou cuidar dele se acontecer alguma coisa com ela.

– Ainda bem.

– Coitado, ele se lembra muito do dono – disse Cristina, pondo-se de pé. – Bom, vamos ou não vamos ao cinema? Vai, mas volta depressa porque não aguento ficar dez minutos sem te ver – disse ela. Andrés deduziu que ela tinha recuperado sua alegria esfuziante.

Quando saíram do cinema, Cristina pegou-o pelo braço.

– Quer caminhar um pouco?

Andrés aceitou, e caminharam em silêncio. Sentia-se importante acompanhado por uma mulher mais velha que ele, terrivelmente bonita, e ela não se preocupava com os veículos ao atravessar as ruas. Andrés teria dado um ano de sua vida para topar com algum colega do pré-universitário, para cumprimentá-lo, assim como quem não quer nada.

– Vamos tomar um traguinho? Eu pago – sugeriu Cristina.

– Não, eu não bebo. Para jogar beisebol a gente não pode beber.

– Não seja bobo, rapaz – insistiu ela. – Só um. Você acha que Marquetti não toma Coronilla*?

Entraram num bar escuro e deserto. Atrás do balcão, o atendente se entediava contemplando as cadeiras vazias.

Cristina pediu dois *high-balls.*

– Não consigo deixar de pensar no Felipe.

– E seu pretendente? – perguntou Andrés, em voz muito baixa.

– Para com isso… Ele me deixou. Parece que eu não era o que ele queria, e me deixou. Satisfeito?

– O que ele queria?

– Não sei. Mas, não se preocupe, ele não era nem regular.

– Você me deixa confuso – disse Andrés, pensando que talvez nunca lhe ocorresse uma ideia dessa.

– Querem que ponha música? – perguntou o homem do bar ao servir as bebidas. Tinha uma cara típica de boa gente, uma voz bonita e dentadura postiça, deslumbrante. – Já sei até de cor, mas talvez vocês queiram ouvir música.

– Por que está tão vazio?

– É que não tem cerveja. Mas sempre vem alguém. Ainda bem que agora vieram vocês.

– E a que horas fecha?

– Às duas. Imagine só.

Cristina sorriu, acabou de engolir, pegou o gelo na mão e virou o copo de boca para baixo. Começou a mordiscar o gelo.

– Ponho música?

– E aquele piano? – perguntou ela.

---

* Marca de aguardente de cana. (N. T.)

– Faz uns seis meses que ninguém toca – explicou o homem, num sopro que o fez bater os dentes. – De vez em quando mandam um pianista para cá, mas ele logo vai embora. Também fica entediado, não é à toa. Mas parece que não vão mandar mais nenhum.

– E o senhor, por que não vai embora?

– Não sei. Nunca soube muito bem. Às vezes acho que gostaria de trabalhar em outro lugar, mas a verdade é que aqui para mim é muito cômodo, e ganho meu dinheirinho, apesar de me entediar muito.

Cristina olhava e sorria.

– Posso tocar?

– Você sabe...? – surpreendeu-se Andrés.

– Aprendi na escola. Na diretoria havia um piano velho que até estava sem algumas teclas. Lembro que tinha uma inscrição dizendo: "Para as crianças do Plantel Juventud 'don Celestino Villaurrutia'". Como eu passava mais tempo na diretoria que na sala de aula, aprendi sozinha. Para não me entediar. – Ela olhou para o atendente e começou a rir um riso contagiante, vital, quase infantil, que Andrés nunca tinha ouvido. O homem também ria e mostrava seus dentes excessivamente iguais.

– O senhor também deveria aprender. Seria menos entediante – disse Cristina, e o homem voltou os olhos para o piano.

– Esperem, vou pôr mais uma dose.

– Não, não, eu não tenho mais dinheiro.

– Eu disse que ia pôr, não que ia servir – explicou, muito sério. – Pôr não é a mesma coisa que servir. Eu ponho, mas o cliente pede para lhe servirem. Entendeu?

– Claro, claro – disse ela, e foi para o piano, sacudindo as mãos molhadas de gelo.

O piano estava sobre um estrado de um pé de altura, junto de uma prateleira de garrafas vazias e sujas de cocô de mosca. Era um piano vertical, escurecido por uma pintura de má qualidade e com uma infinidade de marcas de copos. Cristina sentou-se, arremedando o estilo de uma concertista. Sorriu. Levantou a tampa, tocou algumas teclas.

– É horrível – concluiu. O atendente lhe deu um copo. Ela provou. – Forte – disse e o colocou no chão, a seu lado.

E começou a tocar. As notas escapavam lamentáveis, desafinadas, mas lentamente foi se armando uma melodia suave e vigorosa, como os cavalos dos desenhos. Andrés pensou que aquilo era o diferente.

Cristina só olhava para o teclado e, quando terminou, disse:
– Agora "Yesterday". – E Andrés se arrepiou dos pés à cabeça. Pareceu-lhe ouvir algo novo, recém-composto, e sentiu um desejo incontrolável de beijá-la.
O atendente aplaudiu com todo o entusiasmo. Várias pessoas tinham entrado no bar, decerto atraídas pela música. Cristina fechou o piano e pegou o copo.
– Estou com os dedos doendo – disse ela, quando voltou ao balcão. – Gostou? – perguntou a Andrés. Ele assentiu várias vezes e, quando conseguiu falar, disse que sim.
Cristina se aproximou e lhe deu um beijo na face, e ele ficou imóvel.
– Aprovado – disse ele e terminou o copo.
Despediram-se do homem do bar. Ele pediu que voltassem quando quisessem.
– Sem problema, é por minha conta. Sempre se dá um jeito – esclareceu em voz baixa e sorriu enquanto Cristina sorvia o fundo da bebida de Andrés. Virou o copo e se despediu com a mão.
Lá fora fazia frio e chuviscava. Caía uma água impertinente e fina que atormentava. Correram até o ponto e voltaram para o bairro.
– Vamos lá, outro beijinho, vá dormir tranquilo – disse Cristina em frente da sua casa e o beijou ruidosamente na face. Depois sacudiu a cabeça como um cão que acaba de tomar banho e salpicou de chuva todo o rosto de Andrés. Começou a rir.
Ele, incapaz de outra coisa, se afastou. "Sou um imbecil", pensava.
– Escuta – gritou a moça –, sempre quis ter um cão como Felipe, com o rabo assim. – E desenhou um caracol no ar.
Naquela noite, Andrés não sonhou com ela.

# IV

Março começou muito frio. Era de suspeitar que o inverno se tivesse reservado para seus últimos dias, e o mês começou opaco e com ventania. Andrés preferia aquele tempo. Gostava de jogar beisebol com frio, porque se cansava menos e, nos jogos, podia exibir o agasalho dos Industriales que o irmão de Consuelo, que trabalhava no Inder*, conseguira para ele. Além disso, quando fazia frio os amigos de Sebastián cancelavam o dominó no alpendre da casa e dava para ver televisão sem os ouvir gritar. Andrés se sentia então muito mais perto da felicidade.

Cristina tinha dito que o frio a ajudava a desenhar, porque a deixava desconfortável e rígida. Ficava longas horas em casa, de roupão, despenteada, tomando café e rabiscando suas folhas de cartolina. E isso tranquilizava Andrés, apesar de se preocupar com a possibilidade de que numa tarde, em vez de café, a amiga tomasse uns golinhos de rum que lhe empanassem os olhos.

Naqueles dias tinham começado os problemas com Consuelo. Ela, que se dizia crente e nunca ia a uma igreja – apesar de frequentemente proferir votos e promessas verbais logo esquecidas –, confessava-se também inimiga irreconciliável das liberdades sexuais. Aquilo era contra a moral, a educação, contra Deus, e não podia gostar de que seu filho saísse com uma mulher mais velha, de passado desconhecido e certamente tempestuoso, que, em menos de dois meses, tinha saído – até onde ela sabia – com três homens diferentes. Entretanto, no íntimo a mulher estava contente de que fosse assim: só de pensar que tudo poderia ter sido ao contrário e que Cristina poderia ser sua filha, só de imaginar que Katia tivesse saído daquele jeito, ficava tonta e dava graças à Caridad del Cobre, sua

---

\* Instituto Nacional de Deportes, Educación Física y Recreación. (N. T.)

padroeira, por também lhe ter dado um filho macho. Mas desde o dia do cinema ela insistia em que não gostava nada daquela promíscua.

– Já chega. Você cismou com isso – protestava Andrés, recusando uma proteção que não queria, e ao mesmo tempo pensava que a mãe tinha enlouquecido.

Como era possível, dizia a si mesmo, que criticasse uma coisa que ela mesma fazia em noites clandestinas e tardes suarentas, que não gostasse de uma coisa que nem sequer tinha começado, ao passo que ela mesma exibia sua nudez murcha diante de um homem, inclusive, mais murcho que ela.

– Tudo bem vocês conversarem e tal, é nossa vizinha. Mas sair também? – insistia Consuelo, argumentando que ele era uma criança e ela era uma mulher--feita. – E sabe Deus se foi bem-feita! – exclamava ela, então, com os olhos arregalados e baixava o tom de voz para dizer que as pessoas do bairro já andavam comentando aquela amizade.

O pior é que Sebastián também participava da discussão e às vezes o fazia com uma autoridade exasperante e suspeita, irritando Andrés até o desespero. Desde pequeno Andrés se habituara à presença daquele primo de seu pai, que visitava a casa com bastante regularidade e sentava-se para conversar na cozinha enquanto esperava o café recém-coado. Sebastián morava sozinho, a algumas quadras deles, e, segundo contavam, tinha sido criado junto com Ernesto, pai de Andrés. Mais que primos, pareciam excelentes amigos.

Quando Ernesto decidiu ir para os Estados Unidos, Sebastián deixou de visitá-los, e até o garoto sentiu falta da presença do parente que às tardes reclamava sua xícara de café. Seu pai foi para os Estados Unidos no outono de 1968, depois de passar dois anos cortando cana e podando *marabú*\*, e justamente uns dias depois de Andrés ter começado o secundário. O menino lembrava aquela época como um período de guerra. Ernesto insistia em levá-lo de Cuba, mas Consuelo negava-se a ir embora e insultava-o quando expressava suas intenções de separá-la do único filho que lhe restava. Andrés não se lembrava de ter voltado a chorar desde aqueles tempos. Foram dias difíceis, de vergonha na escola por ter um pai *gusano*\*\* e apátrida, como algumas vezes lhe disseram. Foi uma parte dolorosa e cruel de sua vida, que relutava em passar e que

---

\* Arbusto espinhoso da família das mimosáceas, provavelmente trazido da África, que se proliferou em Cuba transformando-se em verdadeira praga, destruindo e ocupando o lugar de plantações de cana, por isso a necessidade de sua eliminação. (N. T.)

\*\* Literalmente, "verme". Assim eram chamados de forma depreciativa os cubanos contrários à revolução. (N. T.)

depois se manteve aferrada a sua memória, ao lado da imagem nítida do pai, na cadeira de balanço, contando as melhores histórias do bairro. Andrés chegou ao extremo de não querer nenhuma relação com ele, sentia-se abandonado, não entendia por que a decisão do pai implicava uma traição nem as razões dele para ir embora e desmontar seu mundo. Então, Andrés não concebia nem entendia muitas coisas. Por isso desde o início negou-se a responder a suas cartas. Acostumou-se à ideia de que o pai tinha morrido de maneira especial, definitiva, diferente da pobre Katia, que se interrompera para sempre, mas estava a seu lado quando ele precisava dela, numa noite de insônia, num jogo de beisebol, numa tarde com dor de dente, e ela aparecia com sua milagrosa pomada chinesa para lhe aliviar o sofrimento ou trazer o sono.

Entretanto, a morte total de seu pai que ele decretara alimentava um sentimento de ausência passível de tornar-se insuportável quando as coisas iam mal com Consuelo. A intervenção de um pai parecia então uma tábua de salvação, flutuando ali, no horizonte intangível, fora de seu alcance, mas não de seus desejos.

Sebastián ressurgiu poucas semanas depois da partida de Ernesto. Voltou a visitar a casa e, uns meses depois, Andrés não saberia precisar quantos, passava lá todas as tardes, superando o tempo necessário para tomar uma xícara de café. Sua presença acabou por se tornar notável quando pintou a casa. Depois dedicou-se a manter o pomar abandonado por Ernesto. Andrés lembrava que isso acontecera no ano 1970, pois Sebastián esteve ausente nos longos meses da safra. E o menino o tinha aceitado, sem muito entusiasmo, embora Andrés gostasse de ouvi-lo contar suas experiências como beisebolista e agradecia quando Sebastián garantia que jamais conhecera alguém com tanta lógica para o beisebol como sua irmã Katia.

Andrés pensa, diz a si mesmo que na realidade gostou dele até o dia ingrato em que descobriu seu cabelo branco e indiscutível escondido numa dobra do lençol de Consuelo. A partir daquele instante surgiu um novo sentimento, quase indefinível, que não se assemelhava nem ao ódio, nem ao desprezo, nem a nada conhecido. Era o inconcebível, o não pensado, a mais absurda negação de valores estabelecidos. Então limitou-se a observá-lo constantemente, procurando respostas escondidas num olhar, num gesto, numa palavra de mil sentidos. E, apesar de não descobrir mais nada, chegou a pensar até que aquela relação vergonhosa e clandestina talvez viesse de muito tempo atrás, tanto tempo – eriçava-se ao pensar – que talvez nela estivesse a razão de Consuelo não querer ir embora de Cuba, pior ainda, que talvez Sebastián pudesse até ser seu verdadeiro pai. Aquela possibilidade o atormentava.

Agora Sebastián, como teria feito um pai, fazia contrapeso a Consuelo e aconselhava Andrés a ter cuidado, ainda que não houvesse problema, dizia, levantando os ombros: já era um homem e podia fazer coisas de homem, e insinuava que ele também tinha estreado com uma mulher mais velha. Andrés se aborrecia com essas conversas íntimas que não havia pedido, tentava não ouvir, esquivar-se daquelas palavras ofensivas, mostrar seu descontentamento quando Sebastián afirmava que sua paixão era passageira e que logo se enamoraria como um cavalo por alguma menina da sua idade.

– Daqui a pouquinho ele esquece, mulher – ouvira-o dizer a sua mãe numa das tantas vezes em que ela puxou o assunto.

Consuelo ficou em silêncio, talvez admitindo aquela possibilidade. Naquela tarde Andrés sentiu romper-se definitivamente o cordão que o amarrava à mãe. Viu com tristeza que se distanciavam, cada dia um pouco mais. E assustou-se pensando no momento em que estariam tão longe que nem aos gritos conseguiriam se entender.

Na sexta-feira Andrés havia passado para ver Cristina. O frio começava a ceder, mas ela continuava desenhando, dava a impressão de estar aturdida e fora do mundo. O rapaz teve de voltar para casa e preferiu se deitar cedo por causa do jogo de beisebol que teria no dia seguinte. E Andrés mostrou que estava bem. Rebateu quatro *hits* em cinco oportunidades e impulsionou três corridas. Estava em forma. Ninguém o deteria até a Série Nacional.

O domingo já amanheceu ensolarado e quente. De manhã Andrés foi ver Cristina e a encontrou preparando a comida de Felipe. O cão sentou-se junto dela, com as orelhas duras, formando ângulo reto.

– Ontem à noite fui visitar o dono do Felipe. – O cão levantou a cabeça. – Coitado, ficou todo contente quando eu disse que estava cuidando do cão, estava muito preocupado. Uma enfermeira disse que o homem até quis fugir para buscar um tal de Felipe. – O cão voltou a levantar a cabeça. Cristina sorriu e pôs o prato dele no chão. Felipe abanou o rabo em caracol e atacou o café da manhã.

Foram sentar-se na sala de jantar.

– Ele disse que este é o Felipe XII. O décimo segundo cachorro que ele tem com esse nome. O primeiro foi há mais de quarenta anos. Ele os chama assim porque quis ter um filho com esse nome e, quando viu que já não era possível, ofereceu-o a seus cães. Se você visse como ele ficou contente!

– E ele está bem?

– A enfermeira diz que não. Mas ele diz que sim, que quando sair de lá vai me dar de presente uma coisa muito importante – disse ela e sorriu. Depois ficou séria. – É horrível ver tantos velhos juntos...

Felipe tinha terminado de comer e se deitou aos pés da jovem, cabeça erguida, orelhas em ângulo reto, atento a algo imperceptível para eles. As costelas salientes refletiam sua lenta respiração.

– Vou para minha casa.

– Como assim? – perguntou Andrés, surpreso.

– Faz tempo que não vejo os velhos. O dono do Felipe me fez lembrar deles.

– Quando você vai? – continuou indagando e foi invadido por algo muito semelhante ao ciúme.

Não queria dividi-la com ninguém, tampouco queria que ela fosse embora, depois de ter se acostumado a vê-la todos os dias – menos ainda agora, que Adela estava sendo um estorvo. Tinha necessidade de Cristina como nunca tivera de ninguém. Via-a como seu melhor refúgio.

– Vou amanhã ou depois – disse a moça.

– E quando você volta?

– Ai, minha nossa, que perguntador. – Ela riu. – Não sei, daqui a oito ou dez dias. Tenho de comer bastante, olha como estou magra.

Andrés extasiava-se em seus olhos. Gostava de deleitar-se neles, segui-los em seu movimento eloquente, intangível, inesperado, sempre com algo de assombro. E pensou que Cristina era seus olhos.

– Vou passar um café. – Ela propôs e entrou na pequena cozinha. – É a última porção, então vou ter de pedir emprestado para amanhã de manhã – explicou.

Andrés procurou Felipe e notou que ele tinha desaparecido. Olhou para fora e o viu na porta, abanando o rabo.

– Cristina, tem uma mulher te procurando.

A jovem surgiu no corredor para gritar:

– Entra, entra, ele não faz nada.

A recém-chegada foi até a sala de jantar, cumprimentou e seguiu até a cozinha. Deu um beijo em Cristina.

– Cheguei na hora certa – exclamou e começou a falar em voz baixa, entre risos.

Andrés a observava. Era um pouco mais velha que Cristina – trinta ou trinta e dois anos, ele calculou –, mas tinha a aparência maltratada, desgastada. Estava com um *blue jeans* um pouco desbotado, uma camiseta listrada e sapatos de sola de borracha, muito grossa. "Talvez as calcinhas e os sutiãs que ela usa também sejam estrangeiros", pensou. Seu corpo se mantinha aceitável, uma barriguinha, mas a roupa juvenil a favorecia. O cabelo era entre ruivo e castanho-escuro.

Cristina voltou com o café e a visitante.

— Olha, Andrés, esta é Tina, uma amiga minha. Só a chamo de Tina, porque o nome dela é igual ao meu. — E voltando-se para Tina: — Este é Andrés, o melhor primeira-base de Cuba.

Todos riram. Elas se sentaram à mesa. Tina olhou para Andrés e depois para a amiga.

— Você está mais magra.

— Eu já tinha percebido. Serão os sofrimentos?

— E teu pessoal?

— Vou vê-los por estes dias — disse e contou a história de Felipe, de seu dono e da viagem planejada.

Depois começaram a falar de pessoas desconhecidas para Andrés. O rapaz sentia-se incomodado, sobrando, mas não queria ir embora. Estava interessado em saber de Cristina, mesmo que fosse o nome de suas velhas amizades. Tina era quem mais falava.

— Preciso conversar com você — disse, finalmente, a amiga de Cristina.

Andrés entendeu a alusão.

— Vou embora, venho mais tarde — disse ele, pondo-se de pé.

— Até logo — despediu-se Tina, sem rodeios.

Andrés não voltou naquela tarde. Tinha se comprometido a buscar Adela para ir a uma festa na casa de Margarita, a peituda.

Quando Andrés chegou, um pouco depois das oito, já havia um grupo dançando na sala. A música rugia a todo volume, e Pello dava uma demonstração docente de seu novo estilo de dança. Tinha um fascinante senso de ritmo e vendo-o mover-se parecia que dançar era muito simples, quase natural, como abrir e fechar os olhos.

Adela foi dançar com Luis, o Magro, e Andrés sentou-se na cozinha com o Coelho e beberam um ponche adocicado, preparado com álcool noventa graus. O Coelho, que não sabia dançar, mas adorava música, contou a história de cada cantor que tocava no gravador e falou sobre a vida dos Beatles, que conhecia de cor e salteado, inclusive sobre a importância de Brian Epstein e a merda que fizeram com Pete Best. Você imagina o que teria acontecido se Ringo não entrasse nos Beatles...? Enquanto isso, tomaram três copos daquele ponche que atravessava a garganta com tépida facilidade.

Mais tarde apagaram as luzes e foram todos para a sala jogar palito. Depois de vários castigos insuperáveis, começaram a aumentar o desafio. Muitos tinham começado a tomar cerveja, e a mistura com o ponche os desinibia. O primeiro castigo forte coube ao Coelho, que teve de beijar os joelhos de Lili, uma menina tímida que, como ele, preferia conversar a dançar. Então foi a vez de Luis, o

Magro, que, encantado, mordeu um seio de Margarita – por cima do vestido. Depois foi Lili, que teve de dar dez beijos no rosto do Coelho. Contaram os beijos como se fosse nocaute, enquanto o Coelho ria, exibindo a brancura de seus dentes. A brincadeira terminou quando o pai de Margarita sentiu que Pello, cumprindo sua sentença inapelável, lhe dava um cascudo.

Mantiveram a sala às escuras e puseram música lenta. Andrés dançou com Adela, apertou-a, beijou-a na boca e no pescoço, enquanto sentia na cabeça uma plácida ausência de gravidade. Mas, acima do bem-estar alcançado com a bebida, a música e os beijos, preocupava-se, pois já não sabia o que fazer com a namorada.

Entretanto, sabia outras coisas. Sabia que tinha se apaixonado por Cristina e desta vez era muito sério. Tudo era diferente – e compreendeu o que era o diferente –, sonhava e desejava mais que tudo no mundo beijá-la e dormir com ela. Sabia que era bom no rebate, podia ter uma boa temporada provincial e precisava aproveitá-la, pois chegara ao limite da idade para os jogos juvenis. Além disso, sabia que sua mãe tinha se tornado insuportável, que no mês seguinte se decidiriam as carreiras na universidade e que Adela começava a irritá-lo e não aparecia em nenhum de seus planos.

No dia seguinte amanheceu com dor de cabeça e nenhum analgésico conseguiu aliviá-lo. Dormiu a tarde toda e à noite sentiu-se melhor. Enquanto tomava banho, decidiu ver Cristina e aproveitar uma oportunidade propícia de lhe dizer quanto precisava dela.

Encontrou a casa da amiga limpa e arrumada, com exceção da cama, onde, ao redor de uma mala, reviravam-se todas as peças de roupa possíveis. Andrés não conseguiu tirar os olhos de uma calcinha preta, de rendas provocadoras que alentaram sua imaginação. Cristina penteava-se em silêncio.

– Você já vai?

– Sim, consegui passagem para meia-noite e meia. Que hora!

– O que a sua amiga queria?

– Nunca consigo chamá-la de Cristina, porque me soa esquisito dizer Cristina, Cristina, Cristina... – repetiu e sorriu.

– E o que ela queria?

Ela se virou para olhá-lo.

– Você vai estudar medicina, não é?

– Claro.

– Ah, eu achava... – disse ela, voltando a se ocupar do cabelo. – Vou sentir falta de vocês, de você, de Felipe... Já me despedi de Consuelo e da velha María. Ela me disse para não me preocupar, que ela vai dar comida ao Felipe.

— E onde ele está?

— Na casa do dono, já foi para lá. Quando foi embora, se despediu de mim como se soubesse que não vai me ver amanhã. Como os animais sabem!

Cristina começou a organizar a roupa. Fazia-o com preguiça, como se não lhe agradasse a ideia de organizar alguma coisa. Andrés a observava e pensou que o mundo ia acabar com a partida dela.

— Desenhei muito nesses dias — disse, distraída.

— Quero ver.

— Quer ver? Quer mesmo ver meus desenhos?

Ele assentiu, e Cristina foi até o armário. Andrés olhou de novo a calcinha preta e a imaginou vestida no lugar certo, assediada por carne e desejos. Ela apanhou uma pasta amarela, enfiou a mão dentro. Pegou três folhas de cartolina, menores que as outras, e entregou-as ao jovem.

Nas três levantavam-se um cão e um cavalo, sempre na mesma posição, e só mudava a expressão. Em uma, pareciam indiferentes; na outra, alegres; na última, decididamente doentes, melancólicos, tristes. As linhas que os rodeavam perdiam-se numa vegetação emaranhada e envolvente que cobria basicamente todo o espaço do papel.

— Estou procurando um sentimento — disse, quase envergonhada, e sentou-se na cama. Andrés manteve-se em pé, diante dela. — Me dá — pediu ela, colocando as três cartolinas sobre o colchão.

Levantou-se e colocou-se junto de Andrés. O rapaz sentiu o cheiro limpo de sua pele. Começou a sentir uma leve tontura, como se estivesse se recuperando da bebedeira da noite anterior. Voltou a se perguntar o que a amiga de Cristina teria vindo fazer, se aquele seria um bom momento para sua declaração de amor, parece que não, concluiu ao ver o enlevo da mulher, e depois decidiu que não lhe agradavam a indiferença nem a doença, sobretudo a doença, porque o cão e o cavalo lembravam-lhe o anjo de asas quebradas. Preferia aquele em que o cão e o cavalo insinuavam algo parecido com um sorriso, muito quietos, alheios à velocidade de outros desenhos. Sim, insinuavam um sorriso.

Vários minutos se passaram. Andrés notou que os olhos de Cristina continuavam presos aos desenhos, extraindo algo que ele não conseguia imaginar. De vez em quando a moça deslizava a língua pelo lábio superior, saboreava a pinta e juntava as sobrancelhas, ao passo que o resto do corpo se mantinha imóvel. Andrés começou a se desesperar. Cristina falava com seus desenhos e se esquecera dele. Quis saber o que havia naqueles desenhos, que linguagem eles falavam, que sentimento ela procurava que era capaz de absorvê-la tanto.

Estava havia um tempo enorme olhando os desenhos. Na verdade, Andrés nunca soube muitas coisas.

– Por que ficou tão calada? – perguntou ele, sem conseguir aguentar mais.

Cristina olhou para ele. Seus olhos estavam mais brilhantes, maiores que nunca.

– Nunca pergunte a ninguém por que está calado.

– É verdade – disse ele, imediatamente, como se tivesse entendido tudo de repente.

– Caralho – gritou Cristina, recolhendo os desenhos. – Agora vá embora, tenho de me vestir.

Ele se foi, confuso e triste. Tinha pensado muito naquela despedida e na melhor oportunidade para lhe dizer que a amava. Porque Cristina lhe diria que sim, claro que sim, e se beijariam muitas vezes, e ele a despiria, continuaria beijando-a e a partir daquele momento sempre sonharia que suas ejaculações não caíam no vazio, que suas ereções atingiriam um alvo. Andrés voltou para casa, frustrado e tonto de dor de cabeça. Sentia suas obsessões subirem, oprimirem-lhe o cérebro, percebia um longínquo cheiro de terra revolvida e pensava que sua cara estava tão doentia quanto a do cão ou a do cavalo. Apertava as pálpebras para tentar dormir quando sentiu no peito que alguém o olhava. Abriu os olhos e viu Cristina junto dele. A moça se inclinou e lhe deu um beijo nos lábios, um beijo ligeiro, apenas um roçar, que lhe deixou durante horas um sabor de frutas maduras flutuando na boca.

– Perdoe-me e lembre-se de mim – recomendou e saiu correndo, para voltar imediatamente. – Cuide do Felipe – disse e sumiu.

# V

Gosta daquele quarto amplo, claro, muito ventilado, aonde chegam vagamente os ruídos da Calzada e o som envolvente ou ríspido das peças de dominó. Adora sua luz esverdeada, filtrada pelas folhas como pencas compactas das bananeiras. Sempre que está em casa se refugia ali, bom lugar contra o calor, contra o frio, contra o sono e o desespero, a dor, a solidão, o desengano e o cansaço. O quarto é exatamente seu refúgio.

Ali viveu com a pobre Katia, ali a transformou numa fanática por beisebol. Seus roupões dominavam a parte esquerda do guarda-roupa, e sua cama ocupava a parede interna do quarto – mais que uma cama, era uma espécie de berçário habitado por uma dúzia de bonecas de diferentes cores e tamanhos, de olhos fixos e pálpebras móveis, de trajes que indicavam diversas ocupações, enfermeira esta, aeromoça aquela, bailarina a outra, mulher mundana aquela outra de boca vermelha, negrinha de cortiço a de minissaia. Katia, que é uma lembrança viva e palpitante, a menina imaginativa de olhos doces, pálidos como o mel das abelhas, que construíra um passado e um presente para cada boneca até as transformar em seres vivos que toda noite lhe contavam seus problemas do dia e lhe pediam conselhos sobre os quais muitas vezes ele era consultado, ele, Andrés, homem de experiência; como aquela vez em que a boneca bailarina se apaixonou por Urbano González, porque era *champion bate*, e ele, que sujeitinho, pediu que ela largasse o balé para se dedicar à casa. "Urbano não pode ser assim, Andrés, você sabe quanto ela gosta de balé e que vai ser muito famosa, veja aquelas pernas." No fim, a bailarina leviana logo se esqueceu de Urbano para se apaixonar por Julito Martínez, o Zorro mascarado e fugitivo da televisão, mas compreensivo para com as responsabilidades artísticas da boneca persistente. Desse quarto vira Katia sair, animada e confiante, para uma temporada no hospital do qual não retornaria, o hospital ao qual não pôde ir para vê-la, pois não era permitida a visita de crianças em determinadas salas. Ali chorou dias inteiros a morte inconcebível daquela irmã querida que se encarregava de preparar sua bolsa de beisebolista, cuidando bem de que não esquecesse um *spike* e de que não se estragasse a viseira reta do boné em que ela mesma havia costurado um gigantesco "I" azul, talismã com que o irmão querido saía para defender a primeira base nos jogos de estádio e nos campos informais. Dali Andrés pegou uma por uma todas as bonecas, levou-as para o quintal, perto da plantação de abacates, foi arrancando a roupa delas, até deixá-las todas nuas e com menos história, sem personalidade nem afetos. Depois tirou-lhes braço por braço, perna por perna, cabeça por cabeça, até formar uma montanha de restos desconexos, que ele regou de querosene e então acendeu. Viu os braços se adelgaçarem, transformarem-se em merengue derretido e escuro; as boquinhas de coração descreverem uma careta de dor e os olhos abertos se chamuscarem sem entender nada; as pernas caírem para nunca mais levarem a lugar nenhum; os troncos que o calor abria pelo centro do peito mostrarem um vazio definitivo que só Katia e seu amor tinham conseguido preencher. E o cheiro de plástico derretido, de resina de fumaça preta e movimentos bruscos, aquele cheiro que muitos anos depois continuaria adoecendo-o de melancolia e lembranças. Pobre Katia.

Ali também sonhou com todas as mulheres que algum dia habitaram seus sentimentos. Ali as possuíra em segredo e urdira casamentos e divórcios sucessivos. Ali concebeu seu grandioso futuro como jogador de beisebol, imaginou os melhores jogos, meditando sem pressa sobre como veria o mundo do alto da fama. Ali, mais só que nunca, aprendeu a odiar seu pai, a pensar muito em sua decisão, em sua traição, conforme lhe disseram e ele a entendera, e a esquecê-la depois, urgido por outras novas preocupações, capazes de fazê-lo pensar que a vida podia ser algo mais simples. Ali aprendeu a distinguir o cheiro do café forte e o do café claro, que significavam dia bom ou dia ruim, envolveu-se nos eflúvios dos refogados, dos pudins, das balas de açúcar, das marinadas mágicas de Consuelo; sofreu as primeiras dores de dente e sua tendência a ter unhas encravadas, amigdalites e as primeiras dores nos testículos depois de beijações infrutíferas; dali escutou as discussões de Consuelo e Ernesto, ouviu gritar palavras como revolução, Estados Unidos, *gusano*, não aguento mais, vou embora, pois eu fico. E ali o visitou pela primeira vez o fantasma da medicina. Diferentemente de um mexicano do qual teria notícias quase dez anos depois, a medicina não foi um fantasma que morou a vida toda no coração de Andrés. Nunca se mostrou com duas bolsas cheias de sangue nem recitando nomes de médicos famosos: foi uma sombra que esvoaçou, primeiro, e depois substituiu as matemáticas e as alquimias preferidas até então. Na realidade, a lembrança mais longínqua de sua vida é um dentista com jaleco imaculado e brilhante que dizia entre, senhora, e o separava de Consuelo, enquanto ele tinha de esperar, assustado, com um gibi do Batman nas mãos. Aquele homem de branco que levou sua mãe se instalara em sua memória com a força inaugural. Mas muito depois viria o fantasma da medicina: uma sombra que escondia humores, urinas turvas, sangue venoso, tumores, mucosidades e incontinência fecal. Uma sombra que lhe anunciava em todas as suas visitas – cada vez mais frequentes – o mistério interior do homem, o comprimento incrível dos nervos, os sobressaltos do coração, as circunvoluções inauditas do cérebro, as incógnitas da tireoide e o fígado de quatrocentas funções... Também te trouxe aquele jaleco imaculado e brilhante que você viu uma vez e, com ele, enfermeiras delicadas, exames de púbis prodigiosos e perfumados, de seios que se mostravam, assim, como se nada fosse. Até que Katia morreu e te fez jurar que também seria médico, pois jamais permitiria que a morte roubasse irmãs mais novas.

O quarto é um refúgio, uma pele mais ampla e resistente, marcada por todas as cicatrizes de seus dezessete anos. Andrés adora aquelas paredes que oferecem o mesmo tom verde da luz e compõem uma harmonia delicada, ideal para aplacar os nervos nos dias difíceis. Enfeitara-o com fotos e cartazes: sobre a cama está pendurada uma imagem em que Fidel e Camilo ostentam o traje do time Barbudos. Ele sente uma estranha atração por aquela imagem – também presente de seu tio que trabalha no Inder –, porque Camilo inclinava-se para Fidel a fim de lhe dizer algo que ele sempre tentava imaginar. Os dois estão muito sérios. Durante anos havia construído mil enredos para aquela conversa, uns sobre jogo de beisebol, outros sobre assuntos mais importantes. Talvez a foto o atraísse porque podia construir a conversa e sentir-se participante de um segredo radical, talvez esquecido, que aquele homem tão querido levara para uma tumba perdida no fundo do mar.

Onde ficava a cama de Katia agora está pendurada sua imagem sorridente e feliz do sétimo aniversário, o último aniversário, os dentes ainda emergentes e desproporcionais, a bata de finas rendas feita com o que antes fora o melhor vestido de Consuelo. Está dando uma piscadela, captada em seu momento de mais viva inteligência, um aceno que dizia a ele, seu melhor intérprete, "Não me esqueça, Andrés, viu?...". Também há uma foto amarela, carcomida, recortada de alguma *Bohemia*\*, em que Pedro Chávez está prestes a defender na primeira base; um cartaz enorme de Tom Jones, transpirando, de boca aberta,

---

\* Revista cubana de atualidades. (N. T.)

rodeado por um conjunto de luzes vermelhas e brancas; e um chifre de boi, tão carcomido quanto a foto de Chávez, que ele tinha encontrado em sua segunda Escola no Campo, vários anos antes. Agora pensa que ali só falta um retrato de Cristina: uma imagem doce, que ele concebe em cada detalhe. Está sentada no gramado em que você a lança em cada sonho, com o sorriso despudorado e os olhos eternamente assombrados, envolta no brilho abrasador da tarde e entre as infinitas espigas de ervas silvestres. E você não sabe por que magia podem filtrar-se naquela foto o trinar de um passarinho, um cheiro de terra úmida, limpa e arada, recém-banhada pela chuva.

O resto do cenário é formado pelo cinzeiro de cana-brava, uma reprodução em plástico do Cavaleiro Solitário montado em seu cavalo Silver e um ruidoso relógio despertador, herança do pai, que se foi. Quanto ao mais, é dominado pela cama, sobre a qual, naquela tarde, ele conversava com Luis, o Magro.

Cheio de temores, começara a contar ao amigo a história com Cristina. Não sentiu a menor vergonha ao explicar que tinha se apaixonado, a exacerbação daquela necessidade que implicava uma posse urgente. Andrés tinha trazido tudo à tona e, na hora, recebeu o alívio provocado pelas confissões intensas. Enquanto falava não percebeu que o Magro olhava para ele com um sorriso condescendente, tingido de pena. Ao notá-lo, na mesma hora pensou que tinha sido um erro desnudar seus sentimentos diante dele e começou a se arrepender. Mas Luis, o Magro, já tinha assumido seu papel de homem experiente e disse, pelo canto da boca:

– Você está fodido, parceiro. Meteu-se com ela como um cavalo.

– E o que vou fazer?

O Magro manteve o sorriso. Ajeitou o cabelo sobre a orelha, balançou a cabeça.

– Você precisa chegar nela, não tem outro jeito.

– Mas ela vai dizer que sou uma criança. Já estou até vendo. Não vai me dar bola, não é como você está achando – protestou, em voz baixa, atento ao ruído da máquina de costura. No terraço, Consuelo costurava, como todas as tardes, encurvada e alheia, pelo menos àquela hora, ao que acontecia à sua volta.

– Veja, parceiro – disse o Magro, assumindo seu tom magistral dos momentos fundamentais. – Ela sabe que você não é nenhum moleque. Senão, por que te beijou, hein? Diga, por quê...?

– Não sei, não sei – replicou Andrés e baixou a voz: o motor da máquina de costura tinha se calado.

Acendeu um cigarro. Quando voltou do campo decidiu que já podia fumar com toda a liberdade, mas cada cigarro lhe provocava um sentimento de culpa que o incomodava quando via a foto de Pedro Chávez e lembrava suas palavras:

"O principal é não fumar. Beisebolistas não podem fumar", dissera sua estrela favorita, e ele acendia cada cigarro contra a persistência acusatória daquela frase.

– Me deixa dar uma tragada – pediu o Margo.

Ele passou o cigarro, aliviado. Luis, o Magro, fumava avidamente, como aqueles prisioneiros dos filmes que, depois de vários dias trancados, ganham de alguém uma bituca. Fumava e, enquanto isso, gostava de brincar com seu cabelo, ajeitando-o sobre a orelha direita. Vivia orgulhoso por ser o único do pré-universitário com a cabeleira tão comprida. Ainda que, para conservá-la, precisasse todas as manhãs ensaboar o cabelo, dobrá-lo para dentro, sobre a nuca, e prendê-lo com dois grampos. Não podia mexer muito a cabeça enquanto estava na escola. Ainda por cima, precisava evitar a diretora e sentar-se sempre no fundo da sala para que nenhum professor visse seu pescoço. Mas achava que todo aquele sacrifício valia a pena, pois, enquanto seus colegas pareciam recrutas, com a cabeça quase raspada, ele continuava sendo um verdadeiro gato, conhecido em todas as festas de sábado. Sua juba despertava incômodo entre os amigos, que além do mais o invejavam um pouco, pois o Magro sempre tinha as melhores notas, apesar de nunca anotar as aulas e estudar muito pouco.

Luis, o Magro, jogou o cigarro pela janela, sacudiu os dedos aquecidos pela bituca minúscula. Olhou para Andrés e esticou os lábios.

– Veja só, outra coisa – disse ele –, os amigos andam dizendo que você está muito estranho desde que passou a andar com ela.

– Não enche o saco, Magro, estranho porra nenhuma...

– Pois é o que as pessoas andam dizendo. Dizem também que ela é uma tremenda louca e que você a trata como se fosse uma mulher de puteiro, veja só.

O motor da máquina de costura zumbia de novo.

– Ela não é louca nem puta e eu a trato como bem entender – disse ele, com o rosto vermelho. Não sei por que te conto as coisas se você não entende nada. E ainda se faz de quem entende muito de mulheres, passa a vida falando de motéis...

– E o que vai fazer com Adela? – interrompeu-o o Magro, ignorando a crítica.

– Tenho pena de dar um pé nela, não é má pessoa.

– E você já...? – perguntou o amigo, movendo obscenamente o punho cerrado para cima e para baixo.

– Sim... já – mentiu Andrés, sem pensar.

– E então?

– Chega, Magro, isso não é problema teu.

Luis, o Magro, reclinou-se mais para trás e examinou seus dedos manchados de nicotina.

— Olha lá — disse ele, levando o indicador à boca.

A máquina de costura tinha se calado de novo e eles a imitaram. A cadeira de Consuelo rangeu ao ser deslocada e, quase na mesma hora, o zumbido do motor sumiu no vazio, empurrado por um cheiro de café que impregnava tudo. Para costurar mais tranquila, Consuelo precisava ter ao alcance da mão o copo de café que a estimulava nas longas fainas que tinham moldado seu corpo: era dona de uma úlcera de estômago e de uns óculos tristes, de uma corcunda evidente e de dores cervicais frequentes, tudo conquistado pelos pontos infinitos que uniam tecidos que, durante anos, tinham polido a placa de aço inoxidável do calcador até a desgastar. Andrés não se incomodava com o ruído permanente da Singer desbotada nem com a presença das freguesas que por tantos anos o tinham expulsado de seu quarto para provar os vestidos alinhavados. Só o irritava que em toda discussão a mãe terminasse dizendo que tinha deixado até a alma diante daquela máquina de costura imbecil para que ele vivesse como um príncipe, assim ela dizia, sem consideração. E isso Andrés não podia negar, nem sequer tinha disposição para lutar contra aquela verdade, mas o irritava a eterna repreensão de sua mãe, sem consideração.

No entanto, Andrés sentia uma cálida ternura pela mãe quando a via inclinada sobre a máquina de costura, os olhos infinitamente grandes por trás daqueles óculos, que sempre clamavam pela haste perdida em algum antigo combate e que se sustentavam graças à fita de gorgorão que os equilibrava no rosto da mulher. Via a mãe se desgastando debruçada na máquina e compreendia, então, que a morte de Katia e a fuga de seu pai o tinham deixado sozinho para receber o cuidado e o carinho que cabia a três pessoas. Consuelo, com a boca eriçada de alfinetes que, como num ato de magia, iam dando forma ao tecido pendurado sobre os ombros de uma freguesa, falava da inteligência do filho e dos cursos que ele ia fazer, todos os cursos do mundo, e que sua única felicidade era o futuro grandioso daquele menino, que se mantivera como a única razão boa de sua vida maltratada. Andrés a ouvia falar, via-a arqueada sobre a eterna Singer. Então inundava-o aquela ternura contida, envergonhada, que não exigia beijos nem abraços, que se bastava pelo próprio fato de existir, muito diferente dos sentimentos provocados por Cristina, sentimentos nítidos, mas revoltos, agressivos. Sua mãe constituía algo indiscutível, que não precisava de defesa, que estava sempre ali, ao alcance da mão. Cristina era uma obsessão. Desde que ela se fora para ver os pais, Andrés tinha a sensação de que o tempo não passava, de que Cristina, usando e abusando de seus poderes temíveis, levara consigo o impulso dos relógios, sensação de que a vida só transcorria aos empurrões inevitáveis e de que cada empurrão era engolido como um comprimido: oito horas de sono, cinco de aulas, três de treinamento, outras três, a cada noite, lutando para manter Adela. No fim, sobravam cinco horas de interminável tédio, fugindo de casa ou confinado no quarto; horas que não conseguia sequer dedicar ao estudo, pois se convencera de que não tinha cabeça para isso.

Andrés estava pensando em seus amores quando Consuelo entrou no quarto. Então confessou a si mesmo que, apesar de tudo, inclusive apesar de Sebastián, gostava muito dela, embora lhe fosse difícil demonstrar de algum modo. Luis, o Magro, como sempre, soltou um gracejo sobre o café; rompeu-se o encanto, e Andrés sorriu para a mãe quando lhe disse:

– Amanhã começa a provincial. – E por um tempo pensou em assuntos que não incluíam Cristina. Por um tempo muito breve.

Cristina voltou quando o verão tinha se apoderado de março. Foi uma tarde quente e limpa, como só um verão adiantado pode oferecer, com um sol indigno da primavera.

– O que o bichinho tem a dizer? – perguntou ela, beijando-o na face.

Ele teve a impressão de que a história do tempo tinha sido uma simples brincadeira, de que não deixara de vê-la um só instante, de que não tinham se passado dez dias. Cristina apertou-lhe as bochechas, voltou a beijá-lo e ainda no alpendre contou como tinha sido a viagem, os passeios a cavalo, o leitão assado. "Os velhos estão muito velhos", ela disse. Falava, tirava coisas da mala, procurando a chave da casa.

Com uma voz que flutuava com júbilo desconhecido, Cristina lhe contou que tinha encontrado sua professora do sexto ano. "É a negra com a maior bunda que você já viu", disse e inclinou-se para a frente levando os braços para trás, tentando abarcar o impossível.

– Coitada, agora só lhe resta a bunda e parece que a incomoda. Ela gostava muito de mim, mas uma vez eu queria comprar um pião, apostei quarenta centavos que ia lhe morder uma nádega e tive de mordê-la. Não tanto pelo pião, mas pelos quarenta centavos da aposta. Eu a peguei quando ela estava escrevendo na lousa. Se você visse! Ela soltava espuma pela boca. Tive de ficar uma semana escondida na casa de Micaela, uma camponesa meio louca que morava no alto de uma colina. As pessoas diziam que ela tinha ficado louca porque tinham matado seu marido e os dois filhos numa briga de galos. Naquela vez eu disse a Micaela que meu irmão quis transar comigo, ela acreditou em mim fácil, fácil. E me deixou ficar lá. Era eu que me ocupava da lenha, que dava comida aos patos, porque Micaela criava patos, mas nunca quisera ver nem uma galinha. Fiquei com Micaela até a professora ir me buscar. Ela disse que todo mundo estava assustado, porque eu não aparecia, que não sabiam onde eu tinha me enfiado, e então me perdoou. Quando cheguei em casa, meu pai quase me mata... Eu nunca soube como a professora ficou sabendo que eu andava pela colina de Micaela.

Cristina ria ao contar a história, esquecendo a chave de que precisava. Andrés olhava para ela como se estivesse acabando de descobri-la. Cristina era como as pérolas, que parecem compactas e são a soma de muitas cascas, cada vez mais brilhantes, mas cada vez mais frágeis.

— Olha ela aqui — disse, e finalmente tirou a chave do bolso de uma calça. Quando foi abrir a porta, Felipe chegou. Entrou correndo, latindo, abanando a cauda encurvada num ritmo desenfreado, com as orelhas esticadas, a cintura desarticulada. Era a imagem da alegria. Cristina o abraçou, falou baixinho com ele, o acariciou e se deixou lamber. Andrés pensou que certamente ela gostava menos dele que do cachorro.

— Vamos para a cozinha passar um café e preparar alguma coisa para o Felipe — disse ela.

— Cristina, tenho de ir embora — avisou Andrés, como se estivesse mentindo e disposto a aceitar qualquer sugestão.

— Por quê?

— Preciso comer cedo, à noite tem jogo.

— A provincial, não é?

— Sim.

Andrés disse que seu time tinha perdido o primeiro jogo e ele não tinha pontuado.

— De três zero e uma base. Estou frito.

— Meu Deus, que terrível — lançou ela, como se fosse uma condolência.

Andrés gostou de ouvi-la falar assim, com os olhos feridos por uma dor inexplicável.

Voltou a vê-la no dia seguinte, à tarde. O sol se inclinava, seus raios entravam pela porta dos fundos, varriam toda a casa e chegavam ao alpendre. Contou para Cristina que tinha melhorado seu aproveitamento, rebateu de quatro-três e seu time ganhou.

— Desbancamos o Mariano.

— Amanhã você tem jogo?

— Não.

– Bom, então te convido para ir ao cinema. Li que ia estrear um filme meu, vamos comemorar a vitória de ontem.

Andrés ficou confuso, mas na hora começou a rir.

– Natalie Wood – disse ele.

Andrés foi buscá-la às seis. Cristina já estava pronta, tinha vestido uma calça preta, bem justa, e uma camiseta também preta. Estava com o cabelo preso num rabo de cavalo e os olhos, donos absolutos do rosto, pareciam maiores ainda, e ela, uma menina grande. Talvez uma exasperante menina de luto.

– Gostei dessa roupa, do penteado também – disse Andrés, em tom de aprovação. Ela sorriu e saíram.

No cinema, encontraram uma fila de mais de cem pessoas e só havia lugar para a sessão seguinte. Cristina entrou na fila e esperou até chegar outra pessoa. Então lhe explicou, "vamos voltar depois", e propôs a Andrés dar um passeio.

– Não aguento ficar aqui parada assim, à toa.

– Falta mais de uma hora – disse o jovem.

A tarde caía inexoravelmente, e caminharam sem rumo até a parte velha da cidade, enveredando ao acaso por ruas tão estreitas e populosas que não sobrava espaço para que crescesse uma árvore.

– Olha isso – dizia ela, constantemente, e lhe mostrava formas, figuras, telhados e sacadas que Andrés jamais imaginara. Ele sempre tinha morado ao rés do chão e ignorava que existisse outra cidade dois ou três metros acima de sua cabeça.

– Você nunca tinha reparado?

– Na verdade, não – admitiu ele.

– É incrível, não? Em cima há outro ar, velho, desordenado, não sei. Olha isso.

Apareciam duas virgens inclinadas, vigiando a rua e acenando para o sol que desaparecia. Depois, cachos de frutas que, de tão inchadas e maduras, ameaçavam cair e bater nos transeuntes. Então era um enredamento de linhas para formar uma sacada diminuta e, adiante, outras linhas bem definidas, austeras, triângulos sustentados por severas colunas que Andrés sentia distantes e incompreensíveis. E no fim brotava um segundo andar de 1965, de madeira e zinco, sobre um telhado de 1900, justo no lugar em que Andrés sempre teria acreditado que só havia céu, e na brecha do mais leve beiral crescia uma *yagruma* mirrada e impossível, de quatro folhas murchas, agarrada a uns fragmentos de terra depositados ali por um morno ciclone, enquanto da rua subia um típico eflúvio de gás, exclusividade das partes velhas da cidade e que substituíra o cheiro salgado da carne seca, o fedor esverdeado da bosta de mula e o odor extrovertido dos cestos dos vendedores de ervas.

— Gosto de observar os andares altos. Lá em cima se descobrem coisas que não se veem todos os dias ou que as pessoas esqueceram — explicava Cristina, saltando deslumbrada ao descobrir uma placa embolorada, de letras latinas e indecifráveis para ela, e lia o nome de cada rua, mostrava ao rapaz que existiam outras ruas com nomes bonitos e memoráveis.

Quando voltaram ao cinema, estavam com dor nas pernas e tinham perdido o lugar. Andrés quis repreendê-la, mas ela disse:

— Espere aqui. — Tirou dois pesos da carteira.

Avançou pela fila, estudando os que estavam mais perto da bilheteria, aproximou-se de três rapazes que conversavam, disse-lhes alguma coisa e entregou-lhes o dinheiro. Os jovens compraram os ingressos, um deles lançou-lhe um galanteio e ficou olhando para ela, despindo-a em público, enquanto ela se afastava da bilheteria.

— Vamos, problema resolvido. — E entraram no cinema.

Saíram depois das dez. Tinha chovido, e o frio voltara, como se tivesse ficado ancorado em algum canto da baía. Tudo havia mudado num par de horas. Cristina se sacudiu, surpreendida por um tremor, e se agarrou ao braço de Andrés.

— Vamos ao bar do outro dia, hein? Gostei tanto... — propôs ela, e ele aceitou. Nesses momentos era capaz de aceitar qualquer sugestão de Cristina.

— Quero te falar uma coisa, Cristina — disse ele, sem olhar para ela.

Ela também não olhou. Parecia muito interessada nas poças que tinham se formado nas calçadas e na rua, onde as luzes se banhavam derretidas e caóticas.

— O quê? Não vai botar isso a perder — pediu ela.

Então Andrés olhou para Cristina e sentiu-se muito mal. Mas os seios dela incrustavam-se em seu braço.

— Vou brigar com minha namorada — disse, depois de pensar por uns instantes.

— Eu não sabia que você tinha namorada — replicou ela, parecendo aliviada. Caminhavam muito próximos, roçando também os quadris.

— Sim, mas já não gosto dela.

— Por quê?

— Você não sabe?

— Como vou saber? — disse ela. — Não seja bobo, Andrés, pense bem.

— Já pensei.

— Ela é bonita?

Andrés não respondeu. Ela tremia, tinha se aproximado mais e seu cabelo balançava e tocava as orelhas, o pescoço do rapaz. Ele achou que não ia mais aguentar e se lembrou de Luis, o Magro.

– Eu gosto é de você – disse, surpreendendo a si mesmo, como um atirador experiente.

Mas quase acrescentou: "Acabou-se". No entanto, imediatamente foi dominado por uma branda tranquilidade, porque sabia que as cartas estavam na mesa.

Cristina continuou andando como se não o tivesse ouvido, tão imutável que Andrés perguntou a si mesmo se, de fato, ela o tinha ouvido. E não ousou repetir.

– Gostou do filme? – indagou ela.

Ele a olhou de novo e mexeu o pescoço. O cabelo de Cristina roçava nele e provocava uma coceira daquelas insuportáveis, mas que se quer sentir até o fim.

– Sim – acabou dizendo.

– E ela?

– Está muito jovem, mais parecida ainda com você.

Cristina se soltou do braço de Andrés e começou a rir. Era o riso contagiante e vital que Andrés tinha descoberto no bar.

– O que foi?

– Olha – disse ela, arredondando os lábios para expulsar o ar. Diante dela levantou-se uma nuvem branca que se desfez imediatamente. – Adoro fazer isso, mas quase nunca é possível. Quando éramos pequenos e o tempo estava assim, saíamos para o quintal de casa para fumar. E passávamos horas soltando fumaça, como se estivéssemos fumando, tragando tanto frio que depois ficávamos com dor de garganta.

– No campo é mais fácil, não sei por quê.

– Sim, principalmente de manhã. Muitas vezes tem essa neblina – disse ela e logo protestou. – Minha nossa, quantas poças. Estou com os pés ensopados – pendurou-se de novo no braço de Andrés. Olhou para ele: – Estou contente, cheguei cheia de ideias. Repleta. Vou desenhar muito nestes dias. Vou fazer a última tentativa e tenho a impressão de estar às portas do lugar a que sempre quis chegar. Estou quase diante dele.

No bar havia mais de vinte pessoas e restavam poucas banquetas desocupadas. A maioria eram homens tomando cerveja. Alguém cantava "Quiéreme mucho" – e pelo jeito estava irremediavelmente bêbado. Ao lado do cantor, um sujeito meditabundo observava um copo, ignorando os trágicos sentimentos das canções. No fundo do bar uma mulher enorme, quarentona, cabelo descolorido e chamuscado, esmagava com paixão as teclas do piano, indiferente à indiferença dos bebedores.

Procuraram o atendente, mas encontraram atrás do balcão um jovem de rosto largo como os orientais, camisa branca e gravata-borboleta preta no pescoço, que conversava com dois fregueses. Alguém gritou "Me traz outra, Laffita", e o rapaz, como se fosse realizar o ato mais difícil de sua vida, pensou por um momento, depois abriu a geladeira e lhe serviu a cerveja.

Alguns homens se viraram para olhar Cristina. Ela ignorava os olhares, e Andrés estava incomodado. O bêbado agora cantava "La copa rota" e vociferava "*Mozo, sírveme en la copa rota...*", de olhos fechados e levantando o copo de cerveja no alto. O sujeito meditabundo se remexeu na banqueta e agarrou o braço do bêbado. Olhou-o e disse em tom convincente:

– Idiota, se me molhar de novo eu te dou uma porrada. – E concentrou-se em seu copo. O bêbado parou de cantar. Andrés começou a ficar com medo.

– Espera – pediu Cristina, aproximando-se do balcão. – Ei, Laffita, e o senhor que trabalha aqui?

O atendente sorria, os homens olhavam.

– Foi embora, meu anjo.

– Para onde?

– Não sei, meu anjo, não sei – disse o atendente de rosto largo como os orientais.

– Também não sabe por que ele foi embora?

– Disse que queria fazer outra coisa e pediu transferência. Mas não sei para onde. Sou novo neste emprego – respondeu, sorrindo por sua terrível perspicácia. – E estou aqui para servi-la, meu anjo.

– Pois limpe o balcão, está nojento. E fique sabendo que não sou teu anjo nem... – Cristina se conteve e se aproximou de Andrés. – Vamos, não gosto mais daqui, é outro bar. – E saíram, enquanto a voz viscosa do cantor pedia outro copo, garçom, pois ele queria se embebedar.

Cristina continuava presa ao braço de Andrés, inclusive no ônibus durante a viagem de volta. O rapaz sentia-se incomodado porque achava que devia ter dito alguma coisa ao atendente do bar. Como sempre, imaginava que o sujeito lhe respondia atravessado, e ele saltava por cima do balcão e lhe dava duas bofetadas... O mesmo de sempre. Mas não falaram do bar. Andrés sentia como marteladas os "meu anjo" de Laffita, e Cristina perdera sua alegria. Ao chegarem, ele a acompanhou até a porta da casa, onde acharam um papel dobrado na maçaneta.

"Venho amanhã pelo meio-dia. Me espere que preciso falar com você. Já arranjei as coisas. Tina." Andrés leu por cima do ombro da amiga e perdeu a vontade de lhe dizer de novo que gostava dela, que daria qualquer coisa para que ela o beijasse naquela noite e o pusesse para dormir saboreando as frutas maduras que seus lábios guardavam. Mas perguntou:

– Você me ouviu agora há pouco?

– Sim, mas não queria te ouvir. Não seja bobo, menino. – Ela parecia suplicar. – Se quer um beijo, eu dou, mas não diga essas coisas nem pense em mim.

– Assim eu não quero nada – disse Andrés e foi embora.

Passou a noite toda e o dia seguinte lamentando seu ímpeto de infantil dignidade que o privou, no mínimo, do sabor de frutas maduras.

# VI

Em 1º de abril celebrava-se o último jogo da série provincial. O time do Centro Habana já tinha vencido o campeonato e passaria direto à Nacional. Por sorte de Andrés, o primeira-base do Centro Habana era um dos melhores e não contava para formar a seleção de jogadores dos times perdedores que também competiria na série Nacional. Dos bons restava Tuero, que naquele ano havia rebatido mais de quinhentos e estava garantido. O outro era Susy, o canhoto de Lawton, que, no entanto, terminara com quatrocentos e quarenta e quatro.

Para o time de Andrés, os Tigres de Jesús del Monte, faltava o jogo final contra o Vedado, disputando o segundo lugar. Nos jogos anteriores, Andrés aumentara seu aproveitamento e agora tinha nove *hits* em vinte e quatro vezes no rebate, para trezentos e setenta e cinco de *average*. Então pusera-se a calcular: "Tuero é genial", ele pensava, fazendo anotações na última folha do caderno de literatura, enquanto a professora falava da vida dissoluta do jovem Marcel Proust. "Mas se eu rebato três-três, termino com quatrocentos e quarenta e quatro, igual a Susy, embora com certeza é ele que vão levar, porque faz parte da panelinha, o pai é dirigente do Inder. Se eu rebato quatro-três", voltava a escrever, fazia contas, "termino com quatrocentos e vinte e oito e me fodo. Mas se lhe dou de quatro-quatro, então fico com treze em vinte e oito para um astronômico quatrocentos e sessenta e quatro e, como não tenho erros e Susy tem dois, fode-se a panelinha: vão ter de me levar. Vou meter uma rebatida da qual até Martín Dihígo ficará sabendo". E dedicava o resto da aula de literatura a desenhar um campo de beisebol onde se desenrolava um desafio espetacular, no qual ele era arremessador, quarto rebatedor, *manager*, narrador e o decidia no nono *inning*, com dois *outs*, as bases lotadas, perdendo três por zero: bastava um longo *home run* pelo campista central, como os de Pedro Medina, embora ele o preferisse dentro do campo, pois assim aumentava a emoção do fim. Naqueles momentos não existia a professora de literatura que, muito emocionada, lia o episódio da *madeleine* de *Em busca do tempo perdido*, enquanto Pello, no fundo da sala de aula, dizia: que coisa grandiosa, que aquilo mesmo tinha acontecido com ele ao molhar uma *gaceñiga*\* em chocolate quente. Mas Andrés, ao terminar o jogo de beisebol, fechou o caderno e dedicou-se a pensar em Cristina.

Quase não a tinha visto nas últimas duas semanas. Desde que voltara da visita à família estava sempre com pressa, parecia muito alegre e, mais de uma vez, suas palavras cheiravam a rum. Tina ia muito à casa dela, e as duas saíam juntas, bem-arrumadas.

Numa tarde, Andrés lhe perguntou se continuava desenhando, e ela disse que não.

– Creio que as portas voltaram a se fechar – explicou, e o jovem estranhou que, mesmo assim, ela mantivesse a alegria.

Até chegou a pensar que a atitude de Cristina se devesse a sua declaração. Mas descartou a ideia, porque, nela, o ânimo nada tinha a ver com ressentimento e menos ainda com tristeza. E ele não ousava perguntar o que ela fazia, com quem andava.

Andrés nunca tinha imaginado que uma mulher da qual ignorava até mesmo de onde tirava dinheiro pudesse vir a ser tão importante para ele. Tudo passara a girar em torno de seu umbigo, ou um pouco abaixo do umbigo, aonde ele precisava chegar. Buscando alívio, voltou a se enlear com as aulas, Adela e o beisebol. O beisebol era o melhor de tudo.

Na noite do último jogo, Andrés chegou cedo ao estádio. Aqueceu bem, correu bastante e, enquanto corria, lembrou-se do primo Sebastián. Embora não quisesse nem pensar nele e se aborrecesse com tudo o que o parente lhe lembrava, Andrés surpreendeu-se pensando em seus conselhos, seguindo-os como coisa indiscutível. O pior era que o tinha feito muitas vezes, sem sequer notar que se tratava das ideias do primo. Sebastián dizia que durante vinte anos tinha sido o melhor arremessador do bairro e também o corredor mais veloz. Conseguia roubar cinco ou seis bases em cada jogo. No entanto, admitia com sinceridade que nunca tinha sido um bom beisebolista: simplesmente lhe faltava coragem. "E o beisebolista precisa ter colhão, Andrés." Nunca tinha chegado

---

\* Espécie de pão de forma doce, típico de Cuba, muitas vezes feito também com frutas secas. (N. T.)

deslizando a uma base. Por isso não quis assinar com os profissionais para jogar nos Estados Unidos. "E acontece que", ele dizia, "Andresito, no beisebol tudo se pode aprender, menos três coisas: o domínio do taco, arremessar forte e ser bonito". No fim das contas, Andrés gostava de ter um primo aposentado das Grandes Ligas, amigo de Mantle, Berra, Mays e DiMaggio, marido de Marilyn Monroe. Sobretudo de Willie Mays, um negro forte de quem Andrés guardava dois postais dos que se vendiam com chiclete. Sebastián sempre lhe aconselhava que uma hora antes do jogo corresse forte, pelo menos um quilômetro: "Dessa forma", ele dizia, "você nunca vai se cansar no jogo". Naquela noite Andrés correu com uma energia inabitual enquanto pensava em Sebastián, em seus cabelos brancos e lisos.

Correu mais de um quilômetro e se manteve forte. Em vez das dez tacadas regulamentares de exercício, permitiram-lhe dar vinte. Foram vinte linhas curtas, sobre a cabeça do primeira-base. *Hits* indiscutíveis, todos iguais. Andrés sentia-se em forma, nunca tinha batido na bola com tanta facilidade.

O jogo devia começar às oito, e pouco antes chegaram Luis, o Magro, Pello e quase todos os rapazes da classe. Adela quis ir, mas ele negou.

– Me deixa nervoso – explicou à namorada. – Preciso estar tranquilo no jogo.

Andrés aproximou-se das arquibancadas e chamou o magro Luis.

– Magro, não gritem quando for minha vez de rebater. Me deixem tranquilo, pelo amor da tua mãe, para não foder com tudo.

– Tudo bem, parceiro – concordou o Magro. – Mas me dá um cigarro.

– Não trouxe.

– Escuta, você foi à aula à tarde?

– Não.

– Então não está sabendo de nada, meu caro – disse Luis, o Magro, ajeitando o cabelo sobre a orelha direita, enquanto dava o mais florido dos sorrisos.

– O que foi, cara? O que aconteceu?

– Não, é que você vai ser médico. Ginecologista, não é?

Andrés olhou para ele e começou a rir também.

– Não brinca, me deram a vaga?

– Sim, moleque, deram.

– E para você?

– Também. Olha, já mandei fazer a placa para pôr em casa. Doutor Luis Ramos Rodríguez. Cirurgião dentista, desgraçado da vida – e desenhou no ar as letras imaginárias.

– E as outras pessoas? E Adela?

— Quase todo mundo conseguiu — respondeu o Magro, sem soltar o cabelo. — Quem se fodeu foi o Coelho. Não lhe deram história, ele está que chora. Por isso não quis vir. Parceiro, você não trouxe nenhum cigarrinho?

Andrés olhou para o campo e negou com a cabeça. Agora sentia-se muito melhor e ao mesmo tempo lamentava o caso do Coelho, que sempre era reprovado em ciências, mas tirava as melhores notas em história, inglês e literatura. Que azar. O Coelho era um bom amigo, e Andrés sentia por ele.

— Escuta, por que não trouxe cigarros? Vá se foder — disse o Magro. — Bom, cara, rebate forte e bonito — continuou e voltou para seu lugar, gritando: — Vamos lá, torcida, quem me dá um cigarro aí? Não é para mim, é para o árbitro.

Às oito e cinco surgiu Chorizo, o único árbitro, e acenderam-se as luzes do estádio. Os do Vedado, que vinham como visitantes, saíram no um-dois-três. Tudo zero. Era a vez dos Tigres. Andrés era o segundo no alinhamento e rapidamente parou no círculo de espera e começou a fazer *swings* com dois tacos. Estava com uniforme amarelo de mangas, números, letras e boné pretos. Embora fosse uma noite limpa, de muito calor, havia posto a camiseta azul dos Industriales por baixo da camisa, pois sabia que era bem visível e achava que lhe daria sorte. Também estava de capacete, os *spikes* brilhavam e colocara uma luva de estambre na mão direita. Andrés sabia que tinha estampa de beisebolista.

Pelos Tigres, o primeiro rebatedor foi Cachito, que deu *hit* entre a terceira e a *short*. Andrés largou um dos tacos, olhou para a arquibancada para ver Luis, o Magro. E sentiu as pernas tremerem: diante de seus amigos, viu sentados Sebastián, Consuelo e Cristina. Tentou ignorá-los, mas foi inútil. Perguntava-se o que Cristina estaria fazendo ali, achou absurdo a mãe se exibir com aquele homem e pensou que logo seus colegas de classe, com o cérebro ouriçado, estariam comentando aquela companhia insistente. "Que se foda!", ele praguejou.

— Vai, Andresito, vai lá — ouviu que Cristina gritava e tinha contagiado os rapazes, que também faziam coro.

Andrés cuspiu. Voltou a praguejar e ajeitou o taco debaixo do braço para pegar terra. Esfregou as mãos e caminhou até a caixa do rebatedor. Olhou para Tinguililla, o arremessador do Vedado. Tinguililla era um negrinho magro, de canelas compridas e peladas, com mãos capazes de envolver a bola, que arremessava realmente forte. Todos sabiam que ele chegaria a ser um grande arremessador, e ele se autodenominava O Cometa do Jogo.

— Tempo, Chorizo — disse Andrés, com a mão levantada. O árbitro, atrás do *home plate*, o atendeu.

Andrés abriu um buraquinho na terra com o pé esquerdo e encaixou bem o *spike*. "O outro pé deve ficar livre", sempre lhe dizia Benito, o *manager* dos Tigres, com sua voz de cantor de tango. "Quando o arremessador começar a se mover, aperta forte o taco, forte, e segue os movimentos dele, segue a bola e bate direto nela. Levanta o cotovelo, porra!"

Ele fez quatro, cinco *swings*, voltou a olhar para Tinguililla. E no primeiro lançamento deu-lhe uma linha curta, por cima da cabeça do primeira-base, idêntico às vinte do aquecimento. Tinha um-um. "Vou bem", ele pensou e avançou na base. Ficou o tempo todo tentando não olhar para a vergonha que se exibia na arquibancada. O Biajaca, terceiro rebatedor, foi eliminado. O Polaco, o quarto, deu um *fly* para o *centerfield*. E o quinto rebatedor, Mano Muerta, *rolling* para a segunda. Tinguililla devolvia-lhes o zero.

O *batboy* lhe passou a luva e ele ficou na primeira base. Pastico, o arremessador dos Tigres, estava terrível naquela noite, intransitável, como se costuma dizer, e jogou rápido a segunda entrada sem corridas anotadas. E, quando Andrés voltou para o banco, encontrou-a ali. Cristina sentara-se ao lado do *manager*, estava com o velho boné do Cienfuegos de Benito na cabeça e uma luva na mão direita.

– Que dura você deu nele! – gritou ela e obrigou Andrés a sentar-se a seu lado. Passou um braço sobre seus ombros e abanou-o com o boné, como se fosse um lutador de boxe. Os outros rapazes olharam, alguns sorriam, outros se mantinham suspeitosamente sérios.

– Cuidado com os palavrões, porque tem uma mulher aqui – advertiu Benito e gritou: – Vamos lá, meus Tigres, porra, matem o Tinguililla!

– O que está fazendo aqui?

– A mesma coisa que esse aí. Olhando – respondeu Cristina, apontando com o nariz para o *manager*.

– Por que desceu?

– Daqui dá para ver melhor.

– E por que você veio?

– Ai, minha nossa, que mania de perguntar – disse a moça e enfiou o boné até os olhos. – É que Consuelo não sabia se vinha porque você não queria, mas eu a animei porque precisava te dizer uma coisa.

– Que coisa? – perguntou Andrés, frio de medo.

– Vou me inscrever numa escola de desenho – disse ela, e, embora Andrés não conseguisse ver seus olhos, tinha certeza de que brilhavam imensos dentro do contorno do rosto. – Lá a gente estuda e pagam uns cento e vinte pesos. As aulas começam no dia 15.

– Que bom... Só que você vai me foder o jogo – disse Andrés, mas Cristina já estava gritando para Tinguililla.

Outro zero. Um-dois-três. E mais um. Pastico tinha ativado a bola curva, levou nove rebatedores seguidos. O próprio Pastico abriu o terceiro *inning* e deram-lhe a base. Caminhou sem pressa para a base, enquanto dizia a Tinguililla que deixasse de ser trapaceiro, que fizesse como ele e a passasse pelo meio. Cachito foi para a primeira base, e Pastico chegou à segunda. Um *out*. Andrés aproximou-se do *home plate* para começar seu ritual.

– Vai logo, fanfarrão – disse Chorizo.

– Vamos lá – respondeu Andrés.

Tinguililla abriu com duas curvas altas. Sabia que Andrés não era um rebatedor forte e caía fácil com as curvas altas. Andrés se conteve: estava com dois e zero. Sentia-se tranquilo, sabia que podia rebater duro qualquer bom arremesso. Observava Tinguililla, acompanhava seus gestos e só pensava da maneira como pensam os beisebolistas. Movia o taco sem deliberar, mas apenas quando devia fazê-lo, e seus joelhos se flexionavam no instante em que os braços e o pescoço exigiam, sem intermediação de ordens complicadas nem ideias subordinadas. Formava um encadeamento perfeito. Pensava como um beisebolista e só lembrava o problema do *average*. Com o taco na mão, as coisas se tornavam muito simples: devia bater na bola, tão forte que ninguém conseguisse pegá-la ou tão bem que caísse onde ninguém pudesse devolvê-la à primeira base antes que ele chegasse. Era terrivelmente simples e difícil. Então Tinguililla arremessou-lhe uma reta na cintura, buscando o primeiro *strike*, e Andrés lhe aplicou uma linha entre a primeira e a segunda que foi ricochetear dois metros adiante do *right fielder*.

Pastico anotou fácil e armou-se a algazarra. Agora os Tigres estavam ganhando de um a zero. Cristina pulava, gritava fora do banco, jogava o boné para o alto, e o Magro dizia horrores a Tinguililla. Pello se agarrara às grades e uivava como uma sirene, enquanto Cachito recomendava a Tinguililla que fosse chorar na maternidade de Línea, que era o lugar que lhe convinha.

Mas Biajaca estava em sua pior noite e voltou a fazer um *strikeout*. O Polaco deu *fly* para o *center*, longo, mas muito alto. Tinguililla foi para o banco esfregando o saco.

Com a corrida, Pastico tinha perdido o fôlego e começou o quarto *inning* dando duas bases por bola. O *manager* pediu tempo para falar com ele, e os jogadores de campo se aproximaram. Benito empoou as mãos com breu, cuspiu na grama, olhou para os rapazes e pegou Pastico pela nuca.

— Que porra está acontecendo com você, sarnento? Cansou? Quer dizer que os Tigres, hein?... Vocês são é sebosos. Parece mentira, quando eu tinha a tua idade... Vê se mata esses filhos de papai, vai! Vai! — E voltou para o banco batendo palmas, levantando os braços.

Pastico seguiu os conselhos do *manager* e dominou o *inning*. Dois *strikeouts* e um *short fly* para a segunda base.

O quarto e o quinto transcorreram tranquilos. O jogo continuava um a zero, e Andrés abria o turno no sexto. Tinguililla repetiu as duas curvas altas, e Andrés se foi com a segunda. Ficou em um e um. Depois lhe atirou uma reta na qual pôs até a alma e lhe deram o segundo *strike*. Andrés se preocupou, pois na verdade não tinha visto a bola passar. Depois veio outra curva alta, Andrés teve a intenção de rebater, mas se deteve a tempo. Dois e dois. Tinguililla insistiu na curva alta e Andrés, desesperado, a rebateu. Sentiu um choque que lhe subiu até os cotovelos quando a ponta do taco bateu na massa inimiga da bola. Viu-a subir para cair, como colocada com a mão, atrás do atônito terceira-base. Andrés correu bem e fez uma dupla. Na segunda base, ofegante, pensou que nunca se sentira tão feliz, só faltava que a pobre Katia estivesse lá para vê-lo rebater como Urbano González. Estava orgulhoso de si mesmo, não importava muito o que via na arquibancada, havia chegado a quatrocentos e quarenta e quatro, igual a Susy, e podia rebater de novo. Sim, sentia-se muito feliz e pensou que, se tinha rebatido três *hits*, o quarto seria o mais fácil do mundo, principalmente naquela noite, e que poderia mostrar a Sebastián que ele seria o melhor beisebolista, o melhor de todos os beisebolistas que o bairro já oferecera.

Na segunda base ouvia-se a voz adoçada de Cristina. Ela vociferava ao lado do *manager* e dos rapazes, mas sua voz se distinguia entre todas, escapava por sobre o alvoroço, flutuava diferente, única.

Biajaca não tinha jeito. Fez *strikeout* pela terceira vez. Então veio Polaco, o quarto rebatedor. E aplicou uma linha espantosa sobre a segunda base, dessas que arrancam grama, e Andrés dobrou para o *home plate*. Corria fácil, como se o ar e a terra o ajudassem, e não viu o *batboy* que lhe gritava que entrasse de pé. Andrés pensou em deslizar e o fez de maneira aparatosa e desajeitada, levantando uma grande nuvem de poeira avermelhada. Quando foi se levantar, uma mordida de cão furioso arrochou-lhe o tornozelo direito. Não conseguia andar. Chorizo ajudou-o a se levantar, e Mano Muerta e o *batboy* o levaram até o banco. Andrés avançava apoiando-se só no pé esquerdo.

— Idiota — gritava-lhe o *manager*, enquanto Cristina lhe desamarrava o *spike*.

— Esquece, é uma distensão — afirmou o *manager*. Sua voz untuosa de canta-tangos poderia ter dito "Que lindo é Buenos Aires" ou qualquer outra coisa que fosse indiscutível para um cantor de tango. Olhou para Andrés e ordenou a Pupucho, o outro primeira-base, que fosse aquecendo o braço. — Esse aí se fodeu — acrescentou e se concentrou no jogo.

— Está doendo muito? — perguntou Cristina.

— Sim, porra, porra — reclamava.

Sabia que devia abandonar o jogo, que sairia com o mesmo aproveitamento de Susy e que o deixariam fora da seleção. Aquela certeza era mais dolorosa que a distensão.

Enquanto isso, seu time havia anotado mais duas corridas, e o Vedado substituiu Tinguililla. Em seu lugar entrou Changuita, o canhoto mais fanfarrão de Havana, com quem Andrés tivera uma discussão na temporada anterior por causa de duas bolas que suspeitosamente lhe bateram na cabeça. Changuita sempre arremessava mascando um elástico, que para ele cumpria as mesmas funções que o melhor dos chicletes Adams.

— Pega o lenço que tenho na calça, aí na mala — pediu a Cristina. — Agora amarre-o forte no meu tornozelo.

A moça dobrou o lenço e envolveu a perna de Andrés. Por cima da dor, ele recebeu a ternura de suas mãos macias, um calor novo que lhe dava energia.

— Me dá o *spike*. — Ele calçou o sapato com cuidado e o amarrou fazendo pressão. A dor era profunda, constante, como um rasgão vermelho.

O *inning* tinha terminado, e o jogo estava quatro a zero a favor dos Tigres de Jesús del Monte.

— Vou continuar — disse Andrés ao *manager*.

— Você está louco? Não consegue nem andar.

— Estou na primeira base e posso escapar. Mas tenho que dar outro *hit*, você sabe.

O *manager* lhe afagou a cabeça e desgrenhou os cabelos. Andrés apreciou a carícia daquele rabugento.

— Vai lá — disse Benito e lhe deu uma palmada.

— Cristina — chamou Andrés quando saía do banco. — Me deram a corrida...

A dor no tornozelo se aguçou, e ele se afastou mancando. Fez um sinal com os braços, olhando para a arquibancada, para dar a entender a sua mãe que não havia acontecido nada. Mas a dor era tão incisiva, persistente, que mal conseguia se manter em pé.

Naquele *inning*, Pastico fraquejou e lhe fizeram duas corridas. O *manager* trouxe Biajaca para substituir e este conseguiu os dois *outs* que faltavam. Andrés teve a impressão de que foi um *inning* interminável.

Voltou ao banco lentamente, apoiado no ombro de Pedrola, o *right fielder* dos Tigres. Cabia-lhe abrir o sétimo e dirigiu-se à área de rebate. Não olhou para Cristina, nem para o *manager*, nem para a arquibancada. Só olhou para Changuita e disse para si mesmo: "Dar outro *hit* é mais fácil que ter rebatido três".

Entrou no banco e remexeu na mala, até encontrar o boné amarrotado em que, muitos anos atrás, Katia tinha costurado um gigantesco "I" azul. Embora o boné fosse bem pequeno e ele já não o usasse para jogar, Andrés o levava a todos os jogos, como talismã da sorte. Tirou o boné preto que fazia parte do uniforme e pôs aquela recordação cálida.

"Este *hit* é para você, minha menina", disse a si mesmo, enquanto avançava para a área de rebate. Lamentou não ter levado também a luva em que, a sua maneira, Katia desenhara com esferográfica várias situações de jogo, copiadas de um livro técnico. Segundo ela, Andrés nunca deveria esquecer aquelas recomendações gráficas: como colocar os pés para tocar na bola, como adiantar-se nas bases, como arrancar numa pisada e correr.

– Você se jogou porque quis – disse Pepín, o *catcher* do Vedado.

– Não devia continuar, é perigoso – aconselhou Chorizo, o árbitro do *home*.

Andrés não falou. Precisava se concentrar e pensar como um beisebolista. Colocou-se na área de rebate, as pernas um pouco mais juntas. Dependia só dele levar o time para a Nacional. Buscava um *hit* para terminar em quatrocentos e sessenta e quatro e ganhar o posto ao lado do Tuero. "Aposto qualquer coisa que vou rebater", pensou. "Aposto até a bunda como vou acertar. Corto o saco se não acertar."

Changuita olhou-o com um sorriso e abriu com uma curva pelo lado do braço, para fora. Andrés foi atrás dela e lhe deu um *swing* fraco, abatido. O tornozelo deu uma fisgada e ele teve vontade de se jogar no chão e nunca mais se levantar. Mas se negou e pensou: "Tornozelo filho da puta". Cuspiu nas mãos, pegou terra, olhou para Changuita. Nunca tinha ido com a cara dele, com aquela mania de mascar elástico, e, agora que estavam frente a frente, Changuita seria seu inimigo. Ainda mais se lhe lançasse uma bola pela cabeça. E Changuita fez isso. Arremessou-lhe duas bolas, na altura do pescoço, para separá-lo do *home*, e não tão próximas a ponto de ameaçarem bater nele. Então repetiu a curva para fora, e Andrés foi. Aquele lançamento dava a impressão de flutuar pelo centro, mas depois se afastava do *home*, tornava-se impossível rebater. Ele tinha dois e dois e lembrou: "Lembre-se de que está apostando a bunda. Você rebateu três, e mais um não pode ser tão difícil. E este *hit* é para Katia, tornozelo filho da puta".

Luis, o Magro, Pello e todo o pessoal da classe gritavam na arquibancada. Cristina se esganiçava no banco e dizia "vai, vai, força" e gritava "Changuita aproveitador, não vê que ele está machucado?"; e o *manager*, "manda essa bola, safado, manda".

Changuita arremessou outra curva para fora, e Andrés deixou passar. Agora ele tinha duas bolas e dois *strikes*. Podia tentar pegar a base, mas isso não resolvia o problema: ficaria com o mesmo *average*, então precisava de um *hit*. Nunca estivera em três e dois de maneira tão absoluta e espantosa. Pegou o taco mais curto. Gritou para Changuita que a passasse por ali, trapaceiro, e disse a si mesmo que ia dar aquele *hit* e chegar à primeira base. "Nem que seja engatinhando", pensou, "aposto qualquer coisa".

– Lá vai, moleque – gritou Changuita, passou a bola pela virilha e lançou-lhe a curva para fora.

Desde o início Andrés soube que seria para fora, vinha pelo centro, mas no fim se afastaria. Quis adiantar um passo para bater na bola e empurrá-la para a terceira base.

Pensou demais e não conseguiu levantar o pé direito. Fez um *swing* feio, desajeitado, inútil. Caiu sentado no *home*, vendo Chorizo, com o braço levantado, decretar o terceiro *strike*, que acabava com tudo e lhe enfiava no nariz um inexplicável e remoto cheiro de plástico queimado. Sem saber por que, Andrés sentiu-se absolutamente tranquilo. Tinha perdido.

Cachito ajudou-o a voltar para o banco. Ele andava saltando sobre o pé esquerdo e cada vez que entrava em contato com o chão era oprimido por uma laceração no tornozelo, como se estivesse sendo despedaçado. Estava com os lábios contraídos, suava por todos os poros e continuava muito tranquilo. Quando chegou ao banco, todos os Tigres estavam em silêncio. Nem Biajaca tinha saído para rebater. Cristina enfiara o boné por cima dos olhos e já não estava com a luva na mão esquerda. Benito olhava para as próprias unhas. Pastico levantou-se para ajudá-lo, e Cachito lhe disse, com voz chorosa:

– Cacete, irmão.

# VII

Boca para cima na cama. Imóvel. Condenado a uma semana de repouso forçado. Sentia contra o corpo todas as camadas da atmosfera. Quase conseguia contá-las. Oprimiam-lhe o peito e o faziam transpirar. Chegou a pensar que estava sem ar. Que o ar se extinguiria de uma hora para outra. As folhas de bananeira, de cabeça para baixo, também estavam imóveis. Não há um pingo de vento que se ocupe de brincar com elas. Não há um único cheiro no ambiente. Só a pressão quente das infinitas camadas da atmosfera.

Depois de dois dias iguais, estava entorpecido e estonteado, com a cintura como uma dobradiça abandonada à intempérie. Sobre o tornozelo direito, havia sessenta horas, uma bolsa de gelo o martirizava tanto quanto a distensão que tentava aliviar. E ele se mantinha estático, controlando até o ritmo da respiração difícil, para evitar qualquer movimento brusco que atingisse suas extremidades. Um gesto mínimo podia desencadear uma dor que durava longos minutos, crescia a partir do tornozelo e lacerava a perna toda, até acima do joelho. Era insuportável.

Embora não gostasse de ler, tinha devorado *O coração é um caçador solitário* e se arrependia disso. O romance o deprimiu e, apesar de não ter entendido algumas coisas, não conseguiu deixar de ler o livro de uma tirada. Desde então podia contar as camadas da atmosfera e achava que ninguém no mundo seria capaz de entendê-lo, nem mesmo escutá-lo, compadecia-se de Mick Kelly e se lembrava com insistência do coração deformado que batia nas mãos do cirurgião durante a operação que fora televisionada uns meses antes. "Deve ter sido assim o coração do surdo John Singer", disse-lhe o fantasma da medicina.

Nos dois primeiros dias Cristina passara para vê-lo, mas só tinha ficado uns quinze ou vinte minutos com ele e sempre falava do jogo de beisebol que ele tinha tanta necessidade de esquecer. Nas duas ocasiões disse estar com muita pressa, e ele sabia que ela tinha voltado à vida de sempre, talvez com o bruto do automóvel. Também foram visitá-lo Luis, o Magro, Pello, Cachito, outros colegas de classe e dos Tigres e Adela. Só faltava o Coelho. O Magro lhe explicou que o Coelho estava muito esquisito desde que tinham sido anunciados os cursos, mas não lhe deu importância e logo lhe contou suas aventuras com Margarita, a peituda, que não era virgem nem nada parecido, uma tremenda fogosa, e descreveu com primorosa riqueza de detalhes os famosos seios da moça. Andrés teve inveja da sorte do amigo e achou que para ele, sim, a vida era muito fácil.

A presença dos rapazes o distraía, ao passo que a de Adela o irritava. Chegara ao extremo de não suportar a namorada, com sua mania de lhe dar conselhos e o assediar. Estava decidido a dizê-lo a qualquer momento. Não aguentava mais, porém em algum lugar previdente de sua cabeça havia instintos de conservá-la, instintos que, no entanto, enlanguesciam quando a garota dizia suas primeiras doze ou quinze palavras, as quais, invariavelmente, traziam queixas pela frieza do namorado, pela forma como ele tratava Consuelo ou por seu desinteresse na escola.

Também te visitara o fantasma da medicina, uma sombra que te atacava na solidão, que se vestia agora de contornos visíveis, com rosto próximo e mãos que te apalpavam e te pediam vem, vamos. Desde que soube que tinha triunfado, que você seria médico, a sombra se preparou, te visitou de outras formas: trouxe então tornozelos dilacerados, músculos e ligamentos quebrados, como tecidos apodrecidos, tendões rompidos, peles chamuscadas, púbis purulentos e seios removidos. O fantasma da medicina era agora uma sombra que gritava suas verdades, suas mais terríveis verdades, suas verdades verdadeiras, e os jalecos brancos, imaculados, prodigiosos vinham manchados de sangue, merda, secreções e líquidos viscosos; ele exigia de você horas de vigília e dizia "abra esse cadáver", e você encontrava finalmente a mixórdia interior do homem, mas a achava podre, irrecuperável. O fantasma da medicina foi uma sombra que te disse, pela primeira vez, "meu mundo é a dor, os tornozelos dilacerados, os corações deformados, perseguidos e solitários".

A única alegria de Andrés era que, depois de trazê-lo do hospital, Sebastián não voltara a entrar no quarto dele. Quando vinha do trabalho, limitava-se a perguntar, da sala de jantar, "como está esse tornozelo", e depois se dedicava a seu jogo de dominó. Talvez, pensava o rapaz, os amantes furtivos suspeitassem que ele sabia de alguma coisa e tivessem decidido dissimular mais as aparências.

Para ele era incrível o que aqueles dois velhos faziam, que a encurvada e astigmática Consuelo se escondesse como uma jovem e sentisse como uma mulher. Parecia-lhe incompatível com sua condição de mãe.

A atmosfera adquiriu mais camadas, e o calor foi mais rigoroso na terceira tarde de repouso. Olhava pela janela o pomar semeado por Sebastián. Para esquecer o calor, tentava contar a quantidade de bananas em um cacho, ao mesmo tempo que calculava como seria sua vida dali em diante. O cacho tinha doze pencas, era enorme. Cristina nunca o aceitaria, ela buscava outra coisa, e ele continuaria não suportando Adela, porque também buscava outra coisa, Cristina – uma Cristina que agora ele só imaginava em cima de uma cama larga, provocante, nua e disposta, finalmente, a acabar com sua vergonhosa virgindade de dezessete anos. Mas ia ficar sozinho e começava a ter medo da solidão. O que fazer? Só lhe restava insistir com Cristina. Era tão simples quanto querer rebater um *hit* em três e dois: precisava fazer *swing* em tudo o que cheirasse a *strike*.

Estava contando a banana sessenta quando ouviu um roçar leve e fugaz. Cristina esperava em pé, ao lado da cama.

– Faz um tempo que estou aqui – disse ela e sorriu.

Tinha voltado a usar rabo de cavalo e desta vez parecia mais jovem ainda, tão jovem quanto Adela. Estava com uma calça rasgada nas coxas e uma camiseta leve azul por trás da qual se percebiam as rosas escuras de seus mamilos, eriçados contra a malha. Andrés a viu mais bonita que das outras vezes, simplesmente comestível. Naquele momento Cristina chegara ao total equilíbrio de seus atributos físicos e talvez nunca voltasse a consegui-lo. Durante toda a vida Andrés pensaria que há mulheres incapazes de alcançar a plenitude daquela maneira tão estridente, ostentosa, que lhe afetava os sentidos até transformá-los em puro desejo. Mas naquele instante também pensou que a odiava, que era tão bonita e necessitada que a odiava por manter aquela distância imperdoável.

– Não queria te interromper – Cristina acomodou-se na poltrona que Consuelo trouxera da sala para evitar que os amigos do filho se sentassem na cama –, você estava pensando e sei que em algum lugar estava eu. Gosto que pensem em mim, ainda que não tanto quanto gostaria de sair nos jornais.

Andrés tentou virar o corpo de lado, mas foi detido por uma fisgada no tornozelo.

– Ainda me dói – explicou ele, respirando brusca e ruidosamente. – Você quase não vem.

– Ontem fui ver o dono do Felipe.

– Como ele está?

— Ele diz que está bem, mas a enfermeira diz que não. — Observava as unhas. Talvez tenha achado que uma se destacasse demais e tentou acertá-la com os dentes. — Quero que você fique bom para ir de novo ao cinema — acrescentou ela, e Andrés entendeu que aquelas palavras eram vãs, que tinham sido fabricadas, selecionadas enquanto ela mordia a unha.

— Pegue os cigarros para mim — pediu ele.

Cristina pegou um cigarro e o acendeu. Soltou depressa a fumaça, como se lhe pesasse mantê-la na boca. Entregou-o a Andrés.

— Por que está fumando tanto? Olha só esse cinzeiro, minha nossa!

Andrés fumava em silêncio.

— Escuta, perguntei por que você está fumando tanto.

— Não faz diferença, não vou mais jogar beisebol.

— Está falando sério? — interrompeu-o, com uma voz tão autoritária e pouco comum que Andrés sentiu sua violência. Seus olhos cresceram. Era difícil acreditar que tivessem crescido tanto. Aquele dia Cristina era capaz de qualquer coisa. — Está falando sério, Andrés?

Ele assentiu com a cabeça.

— Incrível, você parece uma criança — exclamou ela, com outra voz. — É verdade, estou espantada.

Andrés ergueu os ombros e estalou a língua. Continuava com falta de ar.

— Tudo bem, de que adianta não se assombrar?

Os olhos de Cristina mantinham-se enormes. Mas rapidamente voltaram a seu tamanho grande natural, quando ela se inclinou e disse:

— O que está acontecendo com você?

— Você sabe o que está acontecendo comigo.

— Não seja bobo, rapaz.

— Está saindo com alguém, não é?

— Digamos que sim — admitiu Cristina, depois de uma pausa.

Ele a observou detidamente e descobriu nela certa alegria. Então decidiu terminar com a relação, acontecesse o que acontecesse. "Tudo bem, porra", disse a si mesmo, e teve vontade de gritar isso para Cristina, despertá-la de uma vez por todas. Mas tinha medo e optou por continuar contando as bananas.

Passaram-se minutos de silêncio, de olhares divergentes. Cristina se levantou, com uma calma inabitual, e se afastou. Andrés sabia que ela não tinha pressa, que dava tempo para detê-la. Talvez dizendo até logo, só até logo, as coisas melhorassem. Conteve-se. Achou que algum dia deveria conter-se com ela e ouviu seus passos se tornarem leves, perderem-se na cozinha e buscarem a porta da rua.

Consuelo entrou no quarto. Trazia dois copos de suco de laranja.

– O que aconteceu com essa daí? – perguntou ela, e Andrés se aborreceu com o tom de desprezo com que Consuelo se referia à moça.

Voltou a erguer os ombros e respondeu:

– Não sei.

– Ofereci suco e ela passou reto.

Sua mãe disse novamente que não gostava daquela amizade. Andrés concentrou-se no cacho de bananas. Que aquela moça era muito velha para ele. Que ela se sacrificava muito para que ele estudasse e tivesse de tudo. E agora ele tinha topado com aquela promíscua e ia se dar mal. Não seria o primeiro a largar a escola para ir atrás de uma mulher. Sim, duas tetas puxam mais que uma carroça*. Falava a voz da experiência. Ela tinha visto tanto... mas Cristina tinha razão: por que estava fumando como um viciado inveterado?

O rapaz a deteve com o olhar. Consuelo compreendeu que tinha exagerado e saiu do quarto sem deixar de brigar. Andrés achou que aquele seria um bom momento para mandar tudo à merda, desaparecer e pedir a alguém que, por favor, trouxesse Cristina.

Mas a amiga não voltou a semana toda. Talvez por isso Andrés tenha decidido não brigar com Adela. Repetia a si mesmo que um dia tiraria Cristina da cabeça, junto com todas as criaturas de seus desenhos, e as relações com sua namorada voltariam a ser normais. Embora discutissem por qualquer ninharia, ele se propôs a sempre lhe dar razão e acalentou a esperança de que tudo continuaria caminhando até ele esquecer Cristina, como um vírus que cumpre uma evolução e só se cura com o tempo.

No último dia de repouso, atreveu-se a caminhar. Estava com uma faixa elástica em volta do tornozelo e ainda mancava. Naquela tarde, Adela chegou a sua casa depois das seis, quando começava a escurecer, e estava com o uniforme do pré-universitário. Ao vê-la chegar, Andrés lhe disse "venha", e foram ao pomar de Sebastián. O jogo de dominó tinha começado cedo, e ninguém os viu sair. Andrés pegou duas pedras, ajeitou-as debaixo da bananeira carregada. Contou as pencas, duas vezes, e verificou que eram onze, não doze. Por baixo das folhas compassivas das bananeiras filtrava-se uma brisa delicada e a noite parecia mais próxima. Ali não seriam incomodados. Sentados sobre as pedras começaram a se

---

* Tradução literal do ditado espanhol "*dos tetas halan más que una carreta*". (N. T.)

beijar, no princípio muito suavemente, como se fosse a primeira vez, depois com mais força. Andrés precisava recuperar os desejos que Adela sempre lhe provocara e a beijava, percorria-a com a língua, molhava-lhe toda a pele da boca ao pescoço, até que lhe abriu a blusa, lhe desenganchou o sutiã e também lhe beijou os seios enquanto os mamilos endureciam. Adela o beijava e, quando ele buscava seus seios, ela apertava a cabeça dele contra seu peito. Andrés tirou-lhe a blusa e acariciou-lhe as costas. Depois, de joelhos diante dela, deslizou a mão por baixo da saia e friccionou-lhe as coxas, sem deixar de beijá-la. Puxou a calcinha e ela se levantou, ligeiramente, para ajudá-lo. Ele a acariciou entre as pernas apertando com a palma da mão a cabeleira que lá se escondia. Continuou beijando-lhe o pescoço, a boca, os seios, sem ordem nem precisão. Adela ofegava e o deixava agir. Andrés apalpava o sexo da menina, friccionava os lábios polpudos e sedentos que começaram a umedecer e empurrou um dedo para dentro. Quase ouviu o dilaceramento e pensou em seu tornozelo.

Adela gritou. Foi um uivo curto, de surpresa e dor, e ela começou a chorar. Um pranto entrecortado, brusco, também de surpresa e dor. Olhou para Andrés e seus olhos nublados de lágrimas golpearam o rapaz.

– Por que fez isso, por que fez isso? – disse ela e, sem esperar resposta, como se no mundo não existissem outras palavras, repetiu: – Por que fez isso?

Andrés olhou para seu dedo encarnado, o resto da mão, salpicado de gotas de sangue muito finas. Um sangue escuro. Compreendeu que em nenhum momento tinha ficado excitado, que seus beijos e os de Adela, todos os beijos e todas as carícias tinham sido inúteis. Disse a si mesmo que não fora ele, que aquele dedo manchado de sangue não era seu. Sentiu-se infinitamente sujo. Adela continuava chorando, com soluços longos e cada vez mais distantes, e Andrés limpou a mão na calça, com um gesto quase desesperado. Tirou um lenço amassado e ofereceu-o a Adela.

Pegou a blusa e ajudou-a a vestir-se. Sugeriu que ela fosse ao banheiro e ela se negou, meneando a cabeça. Apenas disse:

– Vou embora.

Antes de ir, perguntou:

– Por que você fez assim, por que assim? – E se afastou, andando como se estivesse aprendendo a dar os primeiros passos.

Andrés voltou para a cama e fumou três cigarros seguidos. Tinha escurecido, e ele não conseguia distinguir o grande cacho de bananas. A atmosfera estreara novas camadas, e a pressão no peito era insuportável. Mal conseguia respirar, sua cabeça era uma confusão de ideias fragmentadas, agressivas, absurdas e acusadoras. Sentia na pele a crosta de um suor frio e seco e no estômago um incêndio incontrolável. Quando Consuelo foi buscá-lo, ele disse que não ia comer. Ela insistiu e ele gritou:

– Eu disse que não. Não estou com fome.

Estava com tontura, náuseas e vontade de vomitar. Mas se levantou e esperou que seus olhos enxergassem com nitidez. Sentia como se a fumaça dos três cigarros ainda flutuasse em seus pulmões. Quando achou que era possível, levantou-se e foi mancando até a casa de Cristina, sem dar atenção à briga da mãe, diante do olhar crítico dos jogadores de dominó, que o viam reaparecer depois da semana de repouso.

Abriu a porta sem tocar e foi até o quarto. Encontrou Cristina em pé em cima da cama procurando alguma coisa no armário. Ela o olhou, como se ele tivesse sempre estado ali, e voltou à sua tarefa. Andrés estava com os olhos avermelhados, a garganta seca e começou a chorar.

Sentou-se na beirada da cama. Cristina aproximou-se e levantou-lhe a cabeça, segurando-a pelo queixo.

– O que foi? Não vai me dizer que foi por causa daquela história do outro dia, hein? – perguntou.

Andrés negou com a cabeça. Ele soluçava com os olhos bem fechados.

– Mas o que está acontecendo, menino? – E deitou a cabeça de Andrés no seu colo. Estava com o vestido preto de sanefas brancas, e as lágrimas de Andrés começaram a marcá-lo. Ela lhe acariciava a cabeça e se mantinha em silêncio.

Andrés se acalmou, e Cristina foi até a cozinha para voltar com uma xícara de café. Molhou os lábios e entregou-a ao jovem. Enquanto bebia, Andrés deixou escapar dois soluços. Então descobriu que, num canto do quarto, Felipe havia presenciado toda a cena. Permanecia imóvel, a cabeça apoiada nas patas dianteiras e os olhos cravados nele.

– Vamos lá, o que aconteceu, me diz? – pediu Cristina, e ele desmoronou e falou com toda a sinceridade, como jamais tinha feito nos seus dezessete anos de vida.

– Não sei por que fiz isso, eu não queria fazer, não sei que porra eu quero e o que vou fazer.

Cristina o deixava falar, mordia os lábios e apagava a maquiagem. Quando Andrés terminou, ela disse:

– Espera. – E foi ao banheiro. Voltou vestida com aquele roupão louco de flores. – Não vou a lugar nenhum – acrescentou.

– Aonde você ia?

Cristina ajeitou o vestido num cabide e o pendurou na porta do armário.

– Bom... – Ela hesitou. – Você sabe que tenho um namorado. Por que está perguntando?

– Quero saber – pediu, com voz suplicante.

– Eu ia sair com ele. Estava me esperando em El Vedado. Sim, ele é panamenho, vai trabalhar três anos em Cuba e pode ficar mais tempo. É muito inteligente, inteligente de verdade. É um homem diferente de todos os que conheci. – Cristina apertou as têmporas com a ponta dos dedos. Andrés registrou a palavra "diferente". – É verdade, Andrés, acho que encontrei o que sempre procurei.

– O que é?

– Não sei. É a maneira de falar, de ver as coisas, como ele me trata, tudo o que ele sabe. Não sei, não sei, mas acho que estou prestes a me sentir feliz.

– E quando ele for embora?

– Então vou ver o que acontece. Daqui até lá pode cair uma bomba que acabe com o mundo. Mas isso é quando ele for embora. Enquanto isso, preciso viver.

Andrés tinha cruzado os braços e observava Felipe.

– Agora vou me acostumar a viver – concluiu Cristina, deixando-se cair na cama.

– E eu, o que faço? – Virou-se para olhar Cristina.

– Você não. Você está igual a sempre, um pouco fodido e nada mais. Logo mais passa. O problema é dela. Não perdeu muito, mas perdeu de maneira suja e estúpida.

Andrés apertou os braços contra o peito. As palavras de Cristina lhe davam frio.

– E você? – perguntou ele, aventurando-se, desejando conhecer tudo o que fosse possível sobre Cristina.

– Eu não perdi porque acho que nunca tive. Mas, se você me perguntar da primeira vez, digo que foi com amor. Fizemos na carroceria de um caminhão que tinha carregado areia lavada, e estava úmida, as pedrinhas se enfiavam nas minhas costas, mas juro que foi com amor.

Voltaram ao silêncio. Um silêncio tangível que cansava os ombros e oprimia a cama. Cristina mantinha-se deitada e balançava os pés, fora do colchão. Andrés a observava e pensava que nele também algo irreparável se rompera. Mais uma vez foi invadido pela vontade de chorar. Acendeu um cigarro, mas o largou quando sentiu a primeira náusea.

– Vai continuar fumando? – perguntou a moça, de olhos fechados.

– Foi Tina que o apresentou para você?

– Sim, Tina, minha amiga Tina – disse ela, como se cuspisse as sílabas para cima. Sílabas que ricocheteavam e lhe caíam no rosto.

– No que ele trabalha? – Andrés continuou e viu que ela levantava as pálpebras, muito devagar.

– O dono do Felipe morreu.

Andrés olhou para o animal e viu que ele tinha levantado a cabeça, suas orelhas se enrijeceram e formavam ângulo reto. Agora examinava o chão, um ponto fixo e interminável do chão onde seus olhos potentes talvez tivessem descoberto algo insondável.

– Quando?

– Há dias.

– Então...

– Sim, naquele dia ele já tinha morrido. Seu coração arrebentou. Foi um enterro triste, com poucas flores e dois acompanhantes: uma enfermeira e o administrador do asilo. Claro que ninguém o chorou. Quando fui vê-lo na cama, já havia outro velho, esperando como ele... – disse ela e voltou a fechar os olhos. Fechou-os com força, como se quisesse prender alguma coisa com as pálpebras.

## VIII

Caía uma chuva incontrolável e violenta, tão grossa que dava a impressão de que podia se extinguir em cinco minutos e, no entanto, já tinha aspecto de dilúvio. Era como se maio tivesse se adiantado e, com o primeiro pingo de chuva, trazido uma decisão inapelável: as mangueiras perderam então seu verdor imaculado e foram se carregando de amarelo e vermelho. Pela janela, Andrés observava os movimentos do ar que inclinavam a chuva para um lado ou outro, como se a estivessem penteando, lançavam-na contra o vidro ou a afastavam dele. De repente o vento a abandonava e os pingos caíam perpendiculares e estalavam toda a sua gravidade contra o cimento e as folhas. Ele pensou que a chuva tem um destino triste, dominável, que o vento age como um juiz caprichoso capaz de mudar a forma como se cumprirá seu destino. E você deveria pensar que Cristina é como o vento, mas que você é a chuva. No entanto, não pensou.

Antes da chuva, ele tinha ido quatro dias ao pré-universitário apresentar-se para exames pendentes por causa da distensão. Em várias ocasiões tentou falar com Adela, mas a moça o evitou, e Andrés sentia-se infinitamente culpado, embora não guardasse muito remorso. Sua preocupação principal era Cristina e a pior era que Adela lhe fechava a possibilidade de se redimir.

E a chuva o exasperava. Tudo estava morno, suarento, e a umidade concentrava-se no tornozelo machucado. Encostou a cabeça no vidro e pensou que o mais danoso era aquela inatividade forçada. Já tinha feito tudo o que podia fazer. Cortar as unhas, limpá-las com cuidado, encapar os cadernos, arrumar o guarda-roupa, besuntar a luva com óleo de rícino e amarrá-la com a bola dentro como fazia quando ia guardá-la durante um tempo, um tempo que pela primeira vez imaginava indefinido. Andrés a lambuzou de óleo de rícino e o fez com carinho.

Gostava daquela luva que tinha sido boa companheira e que considerava como algo vivo, com alma própria, e por isso a guardou junto com o boné do "I" azul e a luva decrépita desenhada com caneta esferográfica.

E não conseguia ler. Não queria ler até esquecer a triste Mick Kelly e o coração deformado de John Singer. Naquela manhã também não trouxeram o jornal, não havia nada para ver na televisão e ele tinha devolvido o gravador para Pello. Você só pode pensar, percebendo como a frieza do vidro te atravessa a pele da testa.

Da janela ele via o quintal da casa. A chuva o tinha lavado e, espalhadas, contavam-se as mangas sobre o chão de cimento. Andrés se lembrou de Gabriel e sua loucura por suco de frutas. Gabriel tinha sido seu professor de geografia física no secundário, um sujeito com alma de expedicionário medieval e curandeiro de tribo, e, de todas as pessoas que Andrés conhecia, era quem mais sabia de suco de frutas. Era capaz de fazer suco de qualquer coisa, até de caimito, sapoti ou agrião, e também inventava misturas insuspeitáveis, surrealistas. Andrés cobriu-se com uma toalha e saiu para pegar as mangas. Achou-as limpas, porém não tão maduras quanto seria necessário para o suco.

Resolveu preparar o suco da forma como Gabriel fazia. Como eram mangas de bom tamanho, utilizou duas colherinhas de açúcar para cada uma. Para cada colherinha de açúcar, duas gotas de baunilha e uma pitada de sal. Gostava do cheiro indiscutível da baunilha e sempre se perguntou de onde sairia aquele líquido indispensável. Depois acrescentou a polpa de manga. Misturou tudo no canecão de ferver leite e terminou de limpar os caroços com a boca. Desde menino sentia um prazer raro e insubstituível em chupar os caroços até os deixar nus e perceber como iam se tornando ásperos sob seus dentes. Teve a impressão de fazê-lo numa tarde de muito calor, debaixo das árvores. Então lembrou-se de seu pai. Nos últimos dias lembrara-se muito dele e estava começando a incomodá-lo aquela persistência que com regularidade inabitual aflorava em sua mente. Pensou que seus amigos falavam muito pouco dos pais, às vezes os consideravam um estorvo que vive perguntando quando você vai estudar, por que está chegando tarde, que porra você pensa da vida, rapaz, olha que logo você vai fazer vinte anos… Talvez o dele fosse assim, mas de todo modo não valia a pena lembrar-se tanto dele, Andrés pensou. Era melhor recordar Katia, por exemplo, mas desde o último jogo de beisebol mal conseguia pensar nela, sua imagem feliz se escoava de sua memória e dava espaço para outras ideias, ideias como seu pai. Estava batendo a mistura com uma colher, num ritmo preciso, e mandou à merda a memória do pai, o seu egoísmo, a porra da sua mãe. E continuou batendo a polpa espessa, que rangia por causa do açúcar. "Já chega de tanto pai", disse a si mesmo e acrescentou a água.

Provou na borda do canecão e ficou satisfeito. Poucas coisas costumavam ser tão agradáveis quanto o suco de manga feito de acordo com a receita de Gabriel. Voltou a batê-lo e pensou que Cristina também haveria de gostar. Tampou o canecão com um prato e rumou para a cassa da amiga, cobrindo-se com uma toalha; por sorte Consuelo tinha ido ao armazém, assim evitava mais uma discussão.

Encontrou Felipe encolhido na porta. O cão abanou o rabo quando o viu chegar. Felipe estava com o pelo molhado, e o rapaz assobiou baixinho para ele. Bateu várias vezes na porta, depois gritou pelo corredor, voltou a bater e não recebeu resposta. Observou a rua deserta e a chuva que, naquele momento e por causa do ar, caía inclinada. Não havia ninguém sequer no ponto de ônibus, e ele compreendeu que a solidão era algo tangível. Andrés se ajoelhou e acariciou Felipe. Sentiu-se melhor acariciando o cão. Derramou um pouco de suco entre as patas dianteiras do animal, Felipe o farejou e depois levantou o rabo na direção de Andrés.

– Pena que você não gosta, porque está uma delícia – disse ao cão. Sua voz soou absurda e desconhecida. "É melhor não falar sozinho", aconselhou a si mesmo.

Olhou para sua toalha. "Caralho", pensou. Começou a esfregar o pelo molhado do cão. Felipe mantinha-se imóvel e parecia feliz. Andrés secou-lhe o corpo todo e voltou a acariciá-lo. Pela primeira vez reparou nos olhos de Felipe, dois caramelos brilhantes e agradecidos.

Voltou para casa, descoberto sob a chuva, e guardou o suco na geladeira. Quando a mãe chegou, protestando contra a chuva danada, aquela aguinha de merda, perguntou do suco. Observou-a um instante e explicou, sem remorso, que o fez para ela. "Tudo para você, mamãe", acrescentou.

– Ai, filhinho, muito obrigada – disse ela, feliz, agradecida.

Lá fora, a chuva continua amadurecendo as mangas.

Ele nunca contou para Cristina do suco de manga nem da toalha que tinha sujado enxugando Felipe. Quando voltou a vê-la, conversou com ela como se nada tivesse acontecido.

Foi num sábado limpo e quente que quase obrigava a sentir falta dos dias de chuva interminável. Não tinha ido à escola pois se levantara com a inédita convicção de que precisava fazer algo mais importante. Pela primeira vez em sua longa vida de estudante exasperava-o a ideia de entrar numa sala de aula. Para se justificar diante de si mesmo, repetia que naquela manhã só haveria dois turnos de curso. E foi isso que explicou para Cristina quando ela perguntou o que ele estava fazendo ali àquela hora.

– Você continua desenhando, não é? – sondou Andrés, introduzindo um assunto de conversa seguro.

Sabia que entre Cristina e ele alguma coisa tinha esfriado. Estavam no quarto, sentados na cama, e por todo lado reinava uma desordem maior que a habitual. Cristina havia tirado os quadros e os enfeites das paredes para substituí-los por outros que ainda não tinha adquirido.

Andrés precisava falar com ela, aproximar-se dela, como nos dias em que iam ao cinema e ao bar e ela se despedia com um beijo, e ele ia se deitar com o paladar impregnado pelo insólito sabor de frutas e disposto a sonhar com ela.

– Faz vários dias que não desenho nada. Estou me sentindo bem demais, e isso é ruim. Quando a gente se sente bem, as coisas podem sair com mais facilidade. Então são falsas. As coisas fáceis quase nunca são boas – explicou Cristina, sorrindo o tempo todo.

– Então, se você se sentir bem para sempre, nunca vai voltar a desenhar?

– Não se preocupe, isso é passageiro – disse ela, e o sorriso tinha desaparecido. – Tenho certeza de que isso passa, então me curo desenhando. A próxima vez que eu desenhar serão coisas definitivas, coisas que vão assombrar todo mundo e talvez me tornem tão importante que vou acabar saindo nos jornais. Já imaginou o que os velhos vão dizer quando virem que sua filha é famosa? – E começou a revolver o cabelo que ainda não tinha penteado.

Sem que Andrés pedisse, Cristina falou do panamenho, como se necessitasse daquela confissão para materializar sua satisfação. Explicou, então, que se sentia quase feliz. Quase feliz, foi o que ela disse. O homem se chamava Roberto Warren, tinha trinta e três anos e era o mais alto que Cristina já conhecera. Foi jogador de basquete na Universidade Nacional de seu país. Veio para Cuba por causa de um trabalho com computadores de que ela não entendia coisa nenhuma. Mas o importante é a maneira como ele me trata, Andresito. Nunca lhe pedia nada nem lhe fazia as imundícies de que os homens gostam. Naquele momento, Andrés corou, embora entendesse que não havia nenhuma alusão ao caso dele. E Roberto sempre falava com ela e a levava a muitos lugares.

– Ou melhor, ele me pede que o leve a muitos lugares, porque conhece muito pouco daqui. Já lhe mostrei toda a Havana alta, de que ele gosta tanto quanto eu. Diz que há partes que se parecem muito com o Panamá.

E lhe falava de sua família, de seus amigos, das terríveis histórias dos conquistadores em Nombre de Dios – que Cristina o fazia repetir para ouvi-lo dizer aquele topônimo maravilhoso –, da época dele na universidade e do bom jogador de basquete que tinha sido, de sua amizade com o Mago Rivas e Davis Peralta, e desse modo sempre lhe lembrava que voltaria a seu país.

— Perguntou se eu queria ir para lá com ele.

Andrés sentiu um tremor que o agitava. Ela acrescentou:

— Eu lhe disse que ainda não se preocupasse, que deixasse o tempo passar. Não sei explicar bem, Andresito, mas agora não posso ir embora... No entanto, te juro que gostaria de conhecer Nombre de Dios.

Cristina continuou falando do engenheiro Roberto Warren, até que disse a Andrés que precisava lhe dar uma má notícia.

— Não me aceitaram na escola de desenho — lançou de repente, e ele pensou que fosse brincadeira, pois não havia em sua voz as inflexões que denotassem seu evidente estado de ânimo.

— É verdade?

— Sim, é verdade. É preciso ter o pré-universitário aprovado, e eu não terminei o décimo grau. De modo que adeus escolinha de desenho.

— E o que você vai fazer?

Cristina cruzou os braços.

— Agora vou à casa da Tina, depois vamos às lojas para ver se compro alguma coisa, porque estou sem roupa — acrescentou, e ele foi embora, prometendo, jurando a si mesmo, que nunca na vida voltaria a visitá-la.

Saiu para caminhar pelo bairro. Não estava com vontade de voltar para casa e explicar à mãe por que não tinha ido à escola. Além disso, temia que Sebastián e Consuelo, achando que ele estivesse na escola, pudessem estar entregues a seus absurdos amores. Pensou que já era suficiente ter encontrado um cabelo na cama. Não queria encontrar coisas piores e lutou contra a imagem de sua mãe, nua, recebendo o peso morto de Sebastián, ofegando na cama, enquanto o velho lhe acariciava os seios exauridos. Naquele momento sentia-se definitivamente só.

Foi até o ponto de ônibus e não encontrou nenhum conhecido com quem conversar. Caminhou até o cinema, leu a programação, voltou e se debruçou na grade da igreja, recebendo no rosto o sol forte que lhe nublava o olhar. Àquela hora todos os seus amigos estavam na escola ou no trabalho, e não havia nada para fazer. Teve intenção de ir até o secundário para ver o prédio onde havia estudado três anos. Lembrou que os garotos ainda não tinham voltado da Escola no Campo.

Mas não ia voltar para casa nem para o quarto. Distraiu-se observando os cartazes que saudavam o já próximo 1º de Maio. Em momentos como aquele, pensava que, se não tivesse perdido sua irmã, tudo seria muito diferente. "Ou", dizia a si mesmo, "se eu não tivesse repetido o quinto grau, agora estaria na universidade, então não teria conhecido Adela nem teria sofrido a distensão; estando na universidade, talvez Cristina não me importasse tanto, quase com certeza eu teria outra namorada, diferente". Imaginava como sua vida seria diferente se tivesse sido aprovado naquele quinto grau de ingrata memória. Mas tudo acabava sendo como as brincadeiras de refazer a história de que o Coelho tanto gostava. Brincadeiras. E lembrou que o Coelho, pobre Coelho, estava pensando em deixar o pré-universitário, mal assistia às aulas, tudo porque não lhe tinham dado a vaga no curso de história. Pensou, então, que talvez seu amigo também tivesse ficado em casa. Precisava conversar com alguém, e o Coelho era a melhor pessoa que ele conhecia para conversar.

O Coelho morava a seis quadras da Calzada, descendo por uma rua pedregosa, uma das poucas do bairro que ainda não tinham sido asfaltadas. Trinta anos antes, naquela região havia se formado um "chega-e-põe"* e ainda sobreviviam vestígios de sua pobreza passada. A casa do Coelho não destoava naquele lugar: um quarto de tijolos sem revestimento, coberto por um telhado de zinco calcinado. Seis metros quadrados onde dormiam, comiam, grunhiam, tomavam banho, viam televisão seis pessoas, uma por metro quadrado: o Coelho, seus pais e os outros três irmãos. Agora o irmão mais velho estava no serviço militar e os dois mais novos eram bolsistas. O Coelho nunca quis estudar com bolsa.

Andrés entrou pelo caminho de pedras que ligava a casa do amigo à rua. Eram pedras irregulares, incrustadas na terra, e em cada lado do caminho o espaço era disputado pelas roseiras de María, mãe do Coelho. Eram roseiras de flores tão vivas e coloridas que, segundo Luis, o Magro, por ali devia ter existido um cemitério que ainda alimentava as flores. Embora muita gente pedisse, María jamais vendia uma rosa. No fim do caminho, diante da casa, pendurado num cano galvanizado, estava o cartaz do CDR**, no qual também se lia: "Goyo presidente". Goyo era o pai do Coelho.

---

\* No original, *llega-y-pon*, literalmente "chega-e-põe" ou "chega-e-instala". Aglomerações de moradas clandestinas, que receberam esse nome por referência à maneira como eram formadas. (N. T.)

\*\* Comités de Defensa de la Revolución, rede de comitês de bairro com a função de promover o bem-estar social e coibir atividades contrarrevolucionárias. (N. T.)

Encontrou o amigo na soleira da porta, lendo um livro grosso de capa cinza.
– Fala, cara – cumprimentou Andrés, ao que o companheiro se surpreendeu.
– Assustou?
– É que eu estava entretido.
– O que está lendo? – perguntou Andrés e o empurrou um pouco para sentar-se na soleira a seu lado.
– *A história verdadeira da conquista da Nova Espanha* – disse, numa tirada, sorriu e fechou o livro, com delicadeza.
– E o que é isso? Da colônia, não é?
– Sim, a história da conquista do México. A verdadeira. É fantástico.
– Você e sua porra de história – disse Andrés, observando as rosas, e pensou que tinha feito bem em ir à casa do Coelho. Gostava de falar com o amigo.
– Você também não foi à escola, não é?
– Não, não estava com vontade... E você, gente boa? Andei fodido e você não foi me ver.
O Coelho baixou os olhos para o livro. Colocou-o numa cadeira que descansava encostada na porta da casa. Então também olhou para as rosas.
– Estou mais fodido que você, lembre-se disso.
– O que vai fazer?
– Não sei, tenho de esperar a segunda chamada para ver o que vão me dar. Dizem que certamente vai ter licenciatura em história. Vou ter de pegar.
– É mais ou menos a mesma coisa, não é?
– Sim, quase, quase – admitiu o Coelho. – Mas nunca é igual.
– Mas você tem alma de professor. Vive dando aula de história para todo mundo.
– Sim, no fim das contas acho que eu gostaria de ser professor. Mas não é a mesma coisa que ser historiador e poder escrever livros. Eu não quero ser professor como os do *Escriba y Lea*\*, que sabem todas as datas, todas as intrigas, mas não escreveram nem um mísero livrinho da própria cabeça.
– Não seja assim e pronto. Isso é você que resolve... Escuta, não tem ninguém aqui?
O Coelho fez que não com a cabeça. Quando fazia esse movimento, ele levantava os lábios e seus dentes pareciam maiores. Sua semelhança com um coelho era incrível.

---

\* Literalmente, "Escreva e Leia". Conhecido programa de divulgação cultural e entretenimento da televisão cubana. (N. T.)

– A velha foi à micro com meu pai. Os outros devem estar para chegar da escola.

– E você não pensa mais em ir à escola? – perguntou Andrés, cruzando os braços sobre as pernas e olhando-o nos olhos.

– Sim, mas tenho vergonha.

– Vergonha?

– Sim, os gozadores tiram sarro.

– Ah, não enche. Olha, faz o seguinte: vai me pegar em casa na segunda-feira, e assim um anima o outro, porque na verdade eu também não estou com vontade de ir.

– Por que não?

Andrés pensou que deveria contar a história de Adela. Resolveu que não, mas precisava falar sobre aquilo com alguém que o entendesse, e o Coelho era a pessoa ideal. Então lembrou-se de Adela e quase viu a menina meneando a cabeça, dizendo que não, por favor.

– Escuta, com quantas mulheres você já transou? – perguntou Andrés, fundindo as sílabas como se quisesse terminar muito rápido.

O Coelho olhou para ele desconcertado. Depois ficou tão sério que os lábios lhe cobriram os dentes.

– Por que está perguntando?

– Diga aí, garoto – Andrés quase suplicou.

– Diga você, vamos lá – esquivou-se o outro.

Andrés examinou cada uma de suas unhas.

– Não transei com nenhuma – admitiu, finalmente, e suspirou com a última palavra. – Bom, agora diga você.

O Coelho deu uma risadinha.

– Com uma.

– Com quem?

O Coelho deixou escapar outra risada, um pouco maior.

– Não posso dizer.

– Cara, não enche, anda, diz aí. Vai, diz.

O Coelho mostrou sua grande dentadura, a mesma com que convencia os possíveis compradores dos abacates que tinha roubado do sítio de Genaro. Naquele tempo a mãe do Coelho não tinha começado a trabalhar e o pai ganhava tão pouco que não dava nem para a merenda dos quatro irmãos. O Coelho era dos poucos que tinham sido obrigados a batalhar desde criança, e Andrés sempre se surpreendeu com sua pouca aptidão para a delinquência. Sem dúvida seria um grande historiador, não tinha coração para outra coisa.

– Com Arminda, a zeladora do secundário – disse, enfim, e começou a rir com absoluta liberdade.

Andrés olhou para ele: lembrou-se de Arminda, uma mulherona de quarenta anos, quase noventa quilos e as maiores tetas do mundo. Então também começou a rir. Os dois riam às gargalhadas e se encostavam um no outro.

– Porra!... Com Arminda, caralho – Andrés conseguiu dizer depois de se acalmar. – Escuta, como foi isso?

– Não – explicou o Coelho. – É que um dia fui fazer uma revisão da matéria à noite. Não havia ninguém na escola e comecei a conversar com ela. Contou que estava muito sozinha e tal. Bom, e ali mesmo, numa mesa do laboratório de química. Lembra que naquele ano eu não ia ao estádio com vocês? Pois é, eu ficava com Arminda. E quando ela ficou doente e foi operada, eu achei que ia enlouquecer de tanta falta que sentia dela.

– Então sou o único virgem – admitiu Andrés, enfastiado.

Deixou-se cair para trás e observou as teias de aranha que cobriam o telhado de zinco da casa, onde o sol caía como uma lata de tinta espessa. "Caralho", ele pensou e disse a si mesmo que precisava mudar a ordem de sua vida, forçar o futuro até domá-lo conforme seu desejo. Era necessário sair em busca do que desejava, deixar de esperar por milagres caídos do céu. Era disso que precisava. E perguntou ao colega:

– Vem cá, Coelho, agora que você está lendo esse livro, me diz uma coisa: o que teria acontecido se Colombo não tivesse descoberto a América?

Coelho olhou para ele, surpreendido e feliz. Era só ver seus olhos para comprovar que pouca gente na Terra poderia estar mais feliz que ele naquele momento. O Coelho passou um tempão demonstrando sua tese de que, não fosse Colombo, teria sido outro qualquer, porque o mais importante, importante de fato, era que o mundo não poderia continuar sem saber que logo ali estava a América. Mas, de qualquer modo, ele se alegrava por ter sido Colombo o descobridor, não outro, porque, na verdade, ele ia com a cara de Colombo.

# IX

Não há nada a fazer debaixo daquele sol ingrato que morde as pedras e calcina a poeira das ruas. A ideia de voltar para casa e se enredar no ritmo conhecido dos costumes cotidianos, voltar a pensar em Cristina enquanto Cristina se distancia em sua felicidade, sentir como um fardo pesado e úmido a proteção exasperante de Consuelo, ouvir as peças de dominó que se desgastam contra a mesa de fórmica nas distribuições sucessivas que separam cada rodada concluída aos gritos de pega essa, vinte e quatro e fomos nós, *pollona*\* para os rapazes, vamos lá, os outros vão perder, tudo é um convite para não voltar nunca mais. Andrés tem saudade dos tempos em que, num belo dia, os filhos saíam de casa e reapareciam, anos depois, barbudos, calejados, com uma brilhante tatuagem nas costas, depois de ter descoberto e ganhado um continente maravilhoso. Como Colombo.

Quando passou em frente da casa de Cristina decidiu que não voltaria e também não lhe importou que a porta estivesse aberta, como um convite a ser transposta. Continuou até o ponto e subiu no primeiro ônibus que saiu da plataforma, sem rumo, sem intenções nem propósitos definidos, só desejando que o ônibus se deslocasse mais rápido, que o afastasse de sua casa, que ultrapassasse sua rota e o levasse até onde sua memória não alcançasse Consuelo, Cristina, Sebastián.

Andrés desceu onde o ônibus terminava a viagem. Retrocedeu algumas quadras para se enfiar na parte mais decrépita da cidade e percorreu em imperturbável solidão as ruas pelas quais passeara com Cristina. Voltou a se espantar com a *yagruma* agarrada num beiral, o insistente bafo de gás de rua, os frontões

---

\* Perda de uma partida sem acumular nenhum ponto. (N. T.)

e as placas deterioradas e inesperadas de lojas fechadas havia séculos que agora seus olhos intranquilos redescobriam. Pensava na sorte terrível que lhe haviam reservado seu destino forçado de filho único, pobre Katia, e órfão de pai, seu maldito receio das mulheres e a necessidade imperiosa que – como uma serpente bem enroscada, pronta para estrangulá-lo – ele tinha de se introduzir de uma vez por todas no orifício mágico de uma mulher e sentir que, finalmente, podia olhar para sua infância como um estranho passado. "Sou o único virgem", repetiu. Sua condição virginal o fazia sentir-se inferior a todos os colegas, suscetível de continuar sob a saia protetora e desesperadora de sua mãe envolvente. "Tenho de acabar com isso", dizia a si mesmo.

Surpreendeu-se ao ver que tinha chegado à avenida del Puerto. Então foi tomado por uma desconhecida e inesperada felicidade. Nunca saberia ao certo do que se tratava. Não era o mar escuro e fétido dos cais nem os tristes edifícios da região, tampouco o ar antigo que se desprendia das igrejas ou o poderoso bafo etílico dos bares. Era tudo e também a certeza de que seus passos perdidos o tinham levado àquele lugar que só conhecia de relatos e de uma tarde remota e amarelada na memória quando tinha três, quatro anos, sabe-se lá, e toda a família atravessou a baía na lancha agitada para batizar Katia na famosa igreja de Regla. Nunca regressara àqueles cais em que agora imperava o calor, cais tranquilos nos quais, havia sessenta anos, seu avô tinha trabalhado como estivador. Andrés sentiu que havia chegado à aldeia intrincada em que surgiram seus ancestrais, ao lugar construído por relatos sucessivos, familiar à imaginação, que a memória conformou a seu bel-prazer e a crua realidade corrige sem pudor.

Avançou observando os barcos ancorados e impotentes das cercanias, as águas escuras sulcadas de rastros azuis de óleo, navegadas por tábuas apodrecidas, folhas deterioradas, cheirando ao vapor viscoso de um mar que lembrava muito pouco as praias limpas que Andrés conhecia. Caminhou até a alameda de Paula e depois voltou pela calçada oposta, examinando os bares que, naquela tarde de sábado, já reuniam uma fauna de frequentadores dispostos a esgotar toda a Coronilla estocada na cidade. Aqueles bares, parte fundamental do mito portuário de seu avô, eram outros impulsores rumo ao pequeno torrão. Até que descobriu o Two Brothers, único bar com nome em sua lembrança, o mesmo em que seu avô tinha brigado de soco com dois marinheiros estadunidenses, o que reunia as putas mais alegres do porto e onde encontrou o inexplicável capitão boliviano que lhe ofereceu um lugar no barco que estava de partida para buscar cobre chileno.

O bar estava sujo e com as paredes descascadas, cheio de gente que atendia ao fresco chamado da cerveja, e exalava um fedor de urina que não permitia que ninguém se embebedasse. Andrés não reconheceu o lugar imaginado pelas histórias que o avô contava. Faltavam os marinheiros estadunidenses, os robustos capitães de navios propondo viagens prodigiosas, as putas despreocupadas capazes de devorar sua virgindade. Só encontrou uma mulata trintona, tetas enormes prestes a escapar da camiseta que mal as continha, que tomava rum em vez de cerveja e ostentava uma desavergonhada cara de puta irrefutável.

Andrés pensou no escândalo que provocaria em sua casa se soubessem que ele atracara naquela praia proibida, precisamente no Two Brothers, cujo nome original ainda se mantinha na geladeira, rodeada daquela gente agitada, de olhares agressivos. Resolveu entrar, com passos torpes que o conduzem a uma pequena, mas prazerosa, liberdade.

Pedindo uma licença que ninguém ouvia nem concedia, Andrés esgueirou-se até o balcão. Não sentia a menor vontade de tomar cerveja, desagradava-lhe a nota amarga da bebida, mas precisava exercer sua liberdade, ele pensou. Fez cara de homem e pediu uma cerveja, o atendente o examinou por um instante, e Andrés começou a beber num canto do balcão, depois de se lixar para a imagem inquisitória de Pedro Chávez que também determinava que jogadores de beisebol não podiam beber nem uma gota de álcool.

Observando os cervejeiros, Andrés perguntou-se se aquele bar teria se tornado uma *piloto**. Se ainda se tratasse do bar de suas lembranças, não lhe importava muito, mas se tivesse se transformado numa *piloto* era preciso ter cuidado. As cervejarias *piloto* sempre tinham sido para ele como o clássico chute na barriga, pelo costume que as pessoas têm de se enfrentar justamente lá. Lembrou a *piloto* de La Víbora, com as marcas de tiros no telhado, e arrepiou-se só de imaginar que ali, naquele exato momento, poderia armar-se um tiroteio californiano. O que mais o confundia era a certeza de que o Two Brothers sempre tinha sido um bar e, além disso, estavam vendendo cerveja em garrafa. Mas todo mundo falava em voz alta, gritando, alguns tinham tirado a camisa, outros vomitavam pelos cantos, como numa *piloto* qualquer.

Andrés engolia com esforço sua bebida amarga e aplicou-se em examinar as pessoas. Havia um sujeito de olhar perigoso, camisa aberta, que mostrava a tatuagem do peito, uma santa Bárbara azul da Prússia que lhe saía do pescoço e se vergava no umbigo, com cavalo, coroa, espada e todos os seus atributos. Também reparou num sujeito que lhe pareceu estranhíssimo, baixinho, cabeçudo, com uma cara de filhinho de papai sustentada pelos óculos grossos e desequilibrados que

---

\* Em Cuba, lugar em que se vende cerveja a granel e os cervejeiros se reúnem para beber. (N. T.)

lhe empanavam os olhos. O sujeito anunciava retumbante e publicamente sua condição de escritor para depois explicar que ia ali para conhecer gente, coletar vivências para um romance que se chamaria *A canção da esquina*, do qual, com todo o prazer, oferecia-se para ler um capítulo. Além disso, havia quatro ou cinco mulheres, mas pareciam normais, sem a figura agressiva da puta irrefutável. Muito perto dele, havia um mulato de olhos achinesados, de uns quarenta anos, que se ocupava em mostrar a pontinha da língua, como uma maja de tocaia, para a puta irrefutável de tetas transbordantes. Quando ela o olhava, ele ria e mostrava sua dentadura deslumbrante de platina incrustada em forma de estrelas. O mulato vestia uma *guapita*\*, bem ajustada na cintura, e por baixo aparecia uma camiseta com botões de metal. Andrés espantou-se com seu corte de cabelo, um rígido *flat top* com mechas, costeletas retas, corte quadrado no pescoço, de precisão cartesiana. Parecia recém-saído de uma barbearia e no meio da cabeça exibia as marcas de vários repartidos, fruto indiscutível dos numerosos combates que talvez o distinguissem como veterano da guerra das pedradas.

O mulato continuava absorto em sua conquista garantida, alheio à conversa de seus companheiros de mesa, que filosofavam sobre a ingrata condição de corno, dizendo que se a pessoa estava na agenda era mesmo, que enquanto não sabia não desancava, que o sangue limpava a afronta e devolvia a honra. Mas o mulato tinha roubado a atenção de Andrés: era como ter numa vitrine o exemplo típico do bonitão biológico, colocado ali para sua atenta informação, exemplar perfeito e ideal destinado ao estudo. Andrés não conseguia conter sua repulsa por esse tipo de gente, sempre pronta a desgraçar os outros. Então disse a si mesmo que, se tivesse poder suficiente, pegaria todos esses elementos e os poria num *cayo*\*\*, com muitos canivetes, paus e pedras, mais cinco ou seis metralhadoras, para se arrebentarem uns aos outros. "Seria uma forma elegante de tirá-los de circulação", ele pensava, no instante em que o Chinês virou o rosto e surpreendeu o olhar fixo do rapaz.

Andrés sentiu a alma gelar, suas pernas eram dois barbantes mortos, e o sabor amargo da cerveja subia-lhe até os olhos. O Chinês olhava para ele, com seu rosto impertinente, ornado por uma cicatriz no pômulo que Andrés não tinha chegado a examinar. Então o medo o fez dizer:

– Então, desistiu dela? – foi um alívio ver o Chinês, primeiro lentamente e depois com todo o brilho de seus dentes, afirmar e dizer:

---

\* Tipo de camisa justa, curta, até a altura da cintura, usada por fora da calça. (N. T.)
\*\* *Cayos* são ilhas rasas, arenosas, frequentemente inundáveis e cobertas de mangues, comuns no mar das Antilhas e no golfo do México. (N. T.)

— Viu que figura, garotão? Bandoleira rematada. — E, sem transição, estendeu duas notas para Andrés. — Pega aí, companheiro, traz duas cervejas aqui, uma para cada um.

Andrés recebeu o dinheiro, incapaz de fazer outra coisa. Naquele momento já não estava com vontade de beber e tinha se arrependido de exercer sua liberdade naquele lugar. Mas comprou as cervejas e deu ao Chinês os oitenta centavos de troco. O sujeito sorriu e começou a tomar.

— E o que está fazendo aqui, garotão? Dá para ver pela língua que esta não é tua praia.

Andrés pensou que o melhor era entrar na onda dele.

— Não, companheiro, refrescando do trampo.

— E você trabalha?

— Mais ou menos. Trabalho e queimo as pestanas. As duas coisas. É terrível, Chinês.

O homem olhou-o com uma admiração que surpreendeu o rapaz.

— Faz bem, companheiro – afirmou, em tom sóbrio, quase respeitoso. – É preciso trabalhar e estudar, principalmente estudar, porque senão te sobram os trampos mais fodidos. Olha pra mim: ganho uma merreca como guardador de carros, por burrice. Por isso tenho de estar sempre biscateando, pra poder comprar essas cervejas que teus olhos estão vendo e pra poder me vestir bem e poder paquerar muitas brancas. E, ainda por cima, sustentar meus cinco negrinhos.

Andrés ouviu o discurso do Chinês e sentiu por ele algo que se aproximava remotamente de pena. Pensou que, afinal de contas, o sujeito era autêntico, um homem sincero, apesar inclusive de seu aspecto terrível.

O Two Brothers continuava recebendo público, entre outros dois marinheiros com um gravador de mesa, no qual colocaram uma fita cassete de Feliciano. Para Andrés, era repulsiva a voz moribunda de Feliciano, as tragédias confusas de suas canções, e agora era obrigado a ouvi-lo como se ele estivesse sentado em seus ombros, pois os marinheiros tinham aumentado o volume do aparelho como se fosse para até o Cristo de Casablanca escutar. Mas o Chinês gostava e lhe mostrou seus pelos arrepiados ao ouvir o drama do homem que vai ser eletrocutado na prisão de Sing-Sing porque matou a mulher que o tinha chifrado. O Chinês sofria por aquele safado da canção que, quando só lhe restavam alguns minutos para respirar, lembrava-se da mãe.

Para os amigos do Chinês, a canção caiu do céu. "Vê só", dizia um, branco, de uns quarenta anos e o rosto marcado pela sombra de inequívocas grades, "esse cara, sim, estava certo: teve de apagá-la". Enquanto isso, um negro com cara de lutador de boxe concordava e comentava que não queria complicação. "Meu negócio é limpar o pau e dar no pé", ele dizia. E outro: "Nada, companheiro, nem todas as mulheres são assim, tua mãe é assim?", ele perguntou ao boxeador, que se pôs em pé com os olhos fora das órbitas: "O que é que tem a minha mãe?", gritou. Andrés achou que ali mesmo ia se armar o tiroteio e que lhe acertariam um balaço na barriga. Mas o outro se levantou como uma mola e disse: "Não entenda mal, amigo, eu disse que tua mãe não é assim. E a minha também não, fique sabendo!", ele gritou. Todos concordaram satisfeitos e voltaram às cervejas.

Então Feliciano cantou "No soy feliz", e o Chinês ficou sério, ouvindo a canção. Andrés teve a impressão de que a letra o fazia lembrar alguma coisa, até que ele se levantou.

– Espera aí, garotão. – E voltou num minuto com mais duas cervejas e uma cadeira para Andrés tirada de algum lugar misterioso, pois o bar estava lotado e a maior parte das pessoas bebia em pé.

Andrés protestou de leve, dizendo-lhe para não se preocupar, pois ele já ia embora.

– Como assim, vai embora? – espantou-se o Chinês. – Escuta, garotão, aqui tem dinheiro pra você se embebedar quarenta vezes. Então esquece isso.

Andrés sentou-se e começou a tomar a terceira cerveja, pensando no jeito de sair do bar. Mas o Chinês resolveu contar a história da vida dele, da mãe dele, uma negra alta e linda, ele dizia, que tinha trabalhado ali mesmo, como puta, parceiro, como puta, e seus olhos umedeceram.

– Imagine só – continuou –, quando moleque trabalhei pra caralho, não pude estudar e às vezes nem comia. Um inferno, garotão. Meu irmão menor, nós éramos quatro, morreu de raiva, porque foi mordido por um cachorro que fugiu pelo convento de Santa Clara. Quanta gente você conhece que morreu de raiva? É ou não é uma fatalidade da vida?

O Chinês contou que desde pequeno tinha sido obrigado a trabalhar em coisas duras e que, depois da revolução, tinha se metido na área de estacionamentos e fazia quinze anos que era guardador de carros, que, segundo ele, era um ramo lotado, mas dava para viver.

Andrés já mostrava uma franca simpatia por aquele homem e sentia a cabeça tomada por uma leveza incomum, que fazia escoarem-se a lembrança lacerante de Cristina, os problemas de sua casa, a imagem muito remota de Adela e a sensação de sujeira que o dominara desde a tarde em que de maneira mais que estúpida destruiu a virgindade da menina. Acreditava-se livre de todo o seu passado e pensou que estava se graduando como homem, tomando cervejas intermináveis com os tipos mais durões de Habana Vieja, dono e senhor de seus atos, de sua vontade de se embebedar.

O Chinês lhe deu dinheiro, e Andrés, satisfeito, trouxe mais duas cervejas que já tinham gosto muito parecido ao da ambrosia homérica. Já não o preocupava em absoluto se o Two Brothers era um bar ou uma *piloto*, estava encantado com seu ambiente e imaginava que acabaria sendo um frequentador habitual dali. Até começou a cantar baixinho a canção de Feliciano, do menino que levaram preso porque roubou um novelo de linha, "coitadinho", Andrés lamentava, "para mandar uma carta para a mãe que está no céu, embora, bem", disse a si mesmo, "talvez a minha esteja, nesta mesma hora, trepando com Sebastián".

A quarta cerveja acabou com toda a inibição de Andrés. Sem pensar, contou toda a sua tragédia ao Chinês, a vontade de transar com Cristina e, sobretudo, a decisão de não voltar para casa, cercada por Sebastián e os outros velhos jogadores de dominó.

O Chinês o escutou sem interromper, com a cabeça inclinada para ele e, quando Andrés terminou, olhou-o nos olhos.

– Olha, garotão, tua vida é estudar que nem um transtornado, fazer alguma coisa e viver independente. Mas estudar primeiro. Estou te dizendo que na minha vida trabalhei mais que um rabo quando lhe cortam o cão.

Então o Chinês trouxe mais duas cervejas, e, com o primeiro gole, Andrés ficou sentado sem conseguir se mexer. Via as pessoas mais longe, como se estivesse passando um filme rodado com um grotesco ângulo obtuso. Sentia na cabeça até os movimentos descontrolados de uma câmera louca, *travellings* velozes que lhe arrastavam o olhar e o balançavam para a frente, violentos zuns que o introduziam na camiseta da puta irrefutável de tetas esparramadas ou na boca asquerosa e desdentada de um bêbado adormecido, uma trilha sonora que misturava a voz pastosa de Feliciano, os bebedores, as sirenes dos barcos que ancoravam na barra do Two Brothers. A câmera então enlouquecia numa espiral vertiginosa que, no entanto, retardava os movimentos das pessoas, voltava ao *travelling* caótico e introduzia na trilha mais gritos, uivos, o som de um nojento cheiro de vômito e o sorriso livre, fácil, debochado, até agressivo de Cristina, que chegara ao bar e dançava nua em cima do balcão, receptiva às carícias das mãos enormes dos bêbados. De repente, a fita se rompeu, apareceram números e cruzes na tela. Depois a escuridão. Um líquido que explode.

Quando conseguiu abrir os olhos, Andrés caminhava por uma rua de Habana Vieja, apoiado no braço forte do Chinês. Sua cabeça flutuava muito longe dos ombros e seus pés pareciam remotos e alheios.

– Levanta a cabeça, garotão – disse o Chinês, e Andrés sentiu que o companheiro lhe segurava o queixo.

Pararam diante de um casarão velho, com duas portas enormes e umas aldrabas que eram como cachos de cocos. Ao chegar à escada, Andrés encheu-se do fedor de uma urina seca e quente que lhe penetrava o nariz e lhe aproximava a cabeça dos ombros. Lentamente subiram a escada cheia de fios sujos e pendentes.

Diante de uma porta do segundo andar, o Chinês gritou "Manuela", e empurrou a porta. Entraram num quarto em miniatura, dominado pela presença de camas, inclusive um beliche de três andares. As paredes tinham se laqueado de fumaça cinzenta do fogão de luz brilhante que havia num canto. Junto do fogão estava Manuela, uma negrinha magra, muito mais jovem que o Chinês, mas chupada como um bagaço de laranja abandonado ao sol.

– Manuela, prepara um café forte e amargo pro parceirinho. Está pra lá de mamado – explicou.

Manuela ergueu os ombros.

– São Lázaro bendito – disse ela. – Mas ele é uma criança, Pipo.

– Vai – insistiu o Chinês –, vou dar uma molhada nele. – Agarrou Andrés por um braço e voltou a sair com ele para o corredor. Levou-o a um canto onde se enfileiravam vários tanques de água e enfiou-lhe a cabeça em um deles.

Por um instante, Andrés pensou que o Chinês queria afogá-lo, mas não resistiu. O Chinês empurrou-lhe a cabeça várias vezes para dentro da água e Andrés sentiu que pouco a pouco as coisas iam voltando para o lugar.

– Fique aqui, continue se refrescando – ordenou o Chinês.

Andrés continuou mergulhando a cabeça até o Chinês voltar com uma toalha de um branco deslumbrante. Esfregou a cabeça suavemente, respirando o cheiro desinfetado de sabão que a tolha oferecia. O Chinês indicou duas portinhas que havia no fim do corredor.

– Se enfia aí para mijar.

Andrés entrou numa das privadas e urinou com tanta violência que chegou a ter medo de que a bacia transbordasse. Quando voltaram ao quarto, o café estava feito e Manuela lhe deu uma xícara grande de um café amargo que ele começou a tomar sentado na beirada da cama.

– O que tem pra comer, Manuela? – perguntou o Chinês.

– Grão-de-bico, arroz e peixe frito. Ah, e *natilla*\* – enumerou a mulher.

– Não tem carne?

---

\* Creme doce à base de leite e ovos. (N. T.)

– Sobrou um pedacinho de peito.

– Tudo bem – continuou o Chinês, enquanto Andrés os olhava e sentia que o café lhe banhava o estômago, enquanto seu olhar se assentava. – Vamos fritá-lo para o garotão comer com o ensopado. Está guardada na casa da Ñica?

Manuela assentiu, e o Chinês saiu sem olhar para ele. Andrés voltava a encontrar-se consigo mesmo, mas se sentia de uma maneira especial, simplesmente inexplicável para ele. Naquele momento dispensava tanto carinho ao companheiro de bebedeira que até desejaria ser filho dele e de Manuela e não ter se embebedado. Andrés baixou a cabeça atordoado pela confusão de seus pensamentos e descobriu em seus sapatos uns pontos verdes e amarelos que denunciavam o vômito que lançara no Two Brothers.

Manuela olhava-o em silêncio. Quando Andrés levantou os olhos, ela riu um pouco, como se dando ao luxo daquele sorriso esquálido, e ele achou que devia dizer-lhe alguma coisa.

– E os filhos? – perguntou.

– Estão todos no acampamento de Tarará, com a escola.

– Em que ano eles estão?

– Bom, Bertica, que tem dez anos, já está no sexto, é a mais adiantada. Robertico tem nove e está no quarto; Lazarito, que tem oito, está no terceiro; Manuelita, que tem seis, está no segundo; o Niño, que outro dia também completou seis anos, está no primeiro. – E sorriu mais um pouquinho. – E você?

– Estou terminando agora o pré-universitário, mas hoje não pude ir porque me atrasei – justificou-se e aceitou outra xícara de café. O Chinês voltou com um pacotinho de plástico que envolvia um pedacinho de carne congelada.

– Prepare isto rápido pra ele, Manuela, que vamos lá fora tomar ar.

Debruçaram-se na balaustrada do corredor, e Andrés ficou reparando no casarão. Tinha três andares, todos cheios de portas. Havia um pátio interno por onde entrava o sol, e das balaustradas pendiam vários varais, alguns vasos com manjericão, hortelã e um balde com capim-cidreira. No fim dos corredores permaneciam os batentes de umas portas inexistentes que conservavam fragmentos multicoloridos do que tinham sido luxuosos vitrais ali colocados em tempos gloriosos e sem dúvida melhores, pelo menos para o edifício.

Andrés observava o lugar enquanto o Chinês lhe contava algumas de suas histórias e dos muitos anos já vividos ali. Até que lhe perguntou o que ele ia fazer depois.

Andrés pensou um instante e, sem saber se era certo, respondeu:

– Vou para minha casa.

E o Chinês sorriu satisfeito.

Manuela os chamou para comer.

– Aguenta – disse o Chinês. Tirou uma cartela de aspirinas que guardava num bolso da *guapita*. Deu-lhe duas. – Manuela, dá um copo de leite pra ele. Engole antes de comer para depois estar inteiro.

Andrés e o Chinês sentaram-se à mesa, o rapaz tomou as aspirinas com leite e engoliu com voracidade o ensopado de grão-de-bico, a carne frita e um pote de *natilla* de chocolate com canela. Pensou na cara que sua mãe faria ao vê-lo comer tranquilamente aquele substancioso ensopado de grão-de-bico que ele nunca aceitara na mesa de sua casa, um ensopado que o fez transpirar e lhe provocou uma cálida sonolência. Quando terminaram de comer, Manuela serviu-lhes outra xícara de café, igualmente forte, mas adoçado. O Chinês o deixou terminar o café e lhe perguntou se precisava de alguma coisa. Andrés disse que não e pediu que ele explicasse como chegar até onde deveria tomar o ônibus.

– Olha, vai reto por aqui, até Monserrate, por essa mesma rua, e lá, na metade da quadra, fica o ponto. Entendeu?

– Sem problema – respondeu Andrés.

Despediu-se de Manuela depois de prometer que um dia iria conhecer as crianças. O Chinês insistiu que ali era como sua casa, para o que quer que fosse, porque ele era homem entre os homens e amigo de seus amigos. Quando Andrés lhe deu a mão, o Chinês a agarrou como quem disputa uma queda de braço e a levou ao peito, depois tocou o peito de Andrés, dizendo:

– *Ambia, curiñán, asere, monina, anfó*\*. Hoje por ti, amanhã por mim.

Andrés desceu as escadas pensando que, na verdade, não tinha muita vontade de ir embora. E disse a si mesmo que o mais estranho era que estava saindo como se nada tivesse acontecido, como poderia sair de sua casa.

A tarde caía cinzenta e, para Andrés, com o sono chegou uma dor de cabeça insuportável. Precisava pensar, meditar sobre os próximos passos, mas sentia que as amarras de seu cérebro tinham se desatado e que com cada movimento a massa encefálica ricocheteava contra as paredes do crânio, provocando pontadas intoleráveis. Só tinha uma alternativa: deitar ali naquele parque e se esquecer completamente de voltar para casa. Pensou que uma rebelião assim não tinha

---

\* Termos do linguajar popular cubano, todos com o sentido de amigo, companheiro, mano. (N. T.)

sentido, que não tinha a força dos conquistadores: era capaz de sentir falta da maciez de sua cama e de exigir a tranquilidade de seu banheiro.

Tomou o ônibus e fechou os olhos com dor e raiva, embargado por uma irreprimível vontade de chorar, nunca soube se de dor ou de raiva. Só vontade de chorar, enorme.

Ao chegar em casa, encontrou Consuelo nervosa e despenteada, de pé junto à grade do jardim.

– Meu Deus, até que enfim – suspirou a mulher, visivelmente aliviada com a reaparição do rapaz, mas em seguida mudou o tom de voz: – Onde raios você estava metido?

– Por aí – lançou Andrés, entrando em casa sem cumprimentar Sebastián, que observava sentado numa poltrona do alpendre.

– Mas onde? – insistiu Consuelo, andando atrás do filho. – O que aconteceu que está todo despenteado e com a camisa amassada? Você andou bebendo, Andrés? – levantou a voz e abriu desmesuradamente os orifícios do nariz. – Me diz, me diz? Está com um fedor de demônio insuportável – dizia, enquanto Andrés tirava a roupa e a jogava no chão. Consuelo pegou a camisa, cheirou-a por um instante e gritou: – Até vomitou, minha nossa. Onde estava metido, Andrés? – repetiu, no auge do desespero.

O rapaz sentiu que a bomba móvel que lhe tinham deposto no cérebro ia explodir. Os guinchos da mãe aceleravam o ritmo das pontadas. Ele se virou, abriu as pálpebras, vencendo as rajadas de dor que lhe saíam pelos olhos.

– Estava na casa do caralho – gritou, deixando-se cair na cama, novamente a ponto de chorar e pedir à mãe que por favor o deixasse em paz. Deitou e cobriu os olhos com um travesseiro.

Ainda ouviu a mãe jogar a camisa no chão e depois discutir com Sebastián na cozinha. O sono, para sorte de Andrés, abraçou-o como a melhor bênção.

Consuelo mexeu-lhe no braço, e Andrés protestou.

– Porra, não se pode nem dormir tranquilo nesta casa! – disse ele, achando que tinha acabado de se deitar.

– Adela quer falar com você. Acorda, Adela quer falar com você – repetia Consuelo. – Adela que falar com você – insistiu enquanto recolhia a roupa que o filho tinha deixado no chão.

Andrés constatou que o sol atravessava a janela e já caía nos pés da cama. Nove e meia, calculou e mexeu a cabeça para comprovar que seu cérebro tinha voltado ao lugar.

– Fala para ela entrar aqui – disse à mãe e foi para o banheiro.

Lavou o rosto, enxaguou a boca várias vezes, até tirar o gosto de cebolas fétidas que lhe dormia na língua. Escovou os dentes e penteou-se desajeitado. Quando voltou ao quarto encontrou a menina sentada num canto da cama, bem na beirada, como se estivesse pronta para sair correndo. Mas seu olhar era tão seguro que Andrés teve medo.

– Vim falar com você – disse e procurou alguma coisa numa pasta. – Você foi reprovado em química e literatura – explicou, estendendo o papel.

Andrés leu em silêncio. A notícia não o surpreendia.

– Ontem à tarde tivemos uma reunião no comitê de base, e seu caso foi discutido. Pedi que me deixassem falar com você – explicou. Continuava tranquila, como se reproduzisse um discurso bem estudado e, mais ainda, bem aprendido. – Você sabe que se repetir o ano perde a vaga e no ano que vem não consegue nada.

Andrés confirmava, sempre em silêncio. Agora sentia um sabor ácido na boca, seu estômago era um radiador pedindo água.

– Dá para ver que não estudou – continuou. – Em literatura você disse que Proust tinha inventado o monólogo interior, confundiu-o com Kafka. Foi um desastre. O que está acontecendo com você, Andrés? Está irreconhecível...

Ele dobrou o boletim com cuidado. Guardou-o debaixo do travesseiro e olhou para a menina.

– Há dias estou querendo falar com você.

– Não se preocupe comigo. Estou bem e não me importa o que você fez. Talvez não tenha sido de propósito, mas de todo modo te odeio... Melhor deixar isso de lado, agora vim falar como colega.

Andrés teve a impressão de que acabava de conhecer Adela, que a de antes ou a de agora, uma das duas devia ser mentira. "Vai ver ainda estou bêbado", pensou.

– Eu queria te pedir perdão, Ade – disse e começou a estalar os dedos. Parou. Nunca tinha conseguido saber se estalar os dedos era falta de educação.

– Não diga bobagem. Agora você tem é que estudar. Se bombar, esquece o curso.

– Sim, eu sei.

Adela se levantou.

– Eu pensava em te dizer outras coisas, mas acho que não é preciso. Você já sabe. Não sei, Andrés, parece que nunca gostei de você.

– Por isso?

– Não importa. Vou embora. Tenho de ver o Coelho. Aquele é outro que está igual a você. – Fez uma pausa. – Ah, assumi o compromisso de que você faria os exames. Não me faça ficar mal, por favor – disse e pegou a pasta. Saiu, e Andrés quis lhe dizer alguma coisa. Mas sentia que tinha perdido a oportunidade, que nunca voltaria a articular uma palavra.

A garota foi embora, e um cheiro desconhecido ficou no ar. Andrés leu suas notas. "Estou bobeando", disse a si mesmo, rasgou o papel e jogou os pedacinhos pela janela.

Tomou o café da manhã sem olhar para Consuelo, esperando que ela abrisse uma brecha para ele pedir desculpas. Mas a mãe o olhou por um instante e foi para a frente da máquina de costura, que começou a ruminar sua exaustão de trinta anos.

Andrés voltou ao quarto, mas os raios de sol já tinham invadido sua cama. Foi até o alpendre, acendeu um cigarro balançando-se numa cadeira e esperando que, a qualquer momento, Sebastián e seus amigos aparecessem para organizar o jogo de dominó dos domingos de manhã.

Lembrou o que tinha acontecido no dia anterior e pensou que precisava ter cuidado se um dia, cheio de poder, pudesse confinar pessoas num *cayo*. Nunca se perdoaria se homens como o Chinês, com seu jeito de bonitão extravagante, caíssem numa batida. E você também pensa que a pobre Katia teria adorado ouvir sua história de bêbado de rua, de sua amizade com o Chinês e a descrição do sorriso leve de Manuela. Ela teria gostado porque te admirava como ninguém no mundo te admirou, porque sabia te amar exatamente como você gostava de ser amado, com aquele carinho constante, à prova de golpes, mas bem categórico, cúmplice e prazeroso, com licença para te censurar exatamente pelo que faria você mesmo se censurar: cometer um erro numa bola rasteira fácil, atirar pedras nos cães do velho Enrique, destruir o caracol fantástico que ela mesma te deu de presente. Katia era a melhor da família, sem a aspereza dos outros, com o privilégio da conversa agradável – privilégio que podia transformar-se num perigo por causa de sua desenfreada propensão a inventar histórias. Como aquela do cavalo do príncipe Bayaya, do filme que ela viu no cinema do bairro e que depois contava do seu jeito, duas ou três vezes por dia, e em cada sessão incluía novos episódios que fizeram daquele bendito cavalo um personagem mais poderoso que o Super-Homem, além do mais capaz de dormir amarrado à cabeceira de sua cama, ao lado de uma lata de água fresca e de um feixe de capim fino que ela trocava todas as noites... A melhor da família, uma perfeição de sete anos que desapareceu assim, inexplicavelmente.

Ficou pensando até ouvir uns assobios que reclamavam sua atenção. Cristina, do alpendre da casa dela, saudava-o com a mão e pedia-lhe que fosse até lá. Andrés refletiu por um instante e concluiu que sim, claro, não havia nada melhor a fazer.

– Ontem sua mãe me perguntou se eu tinha visto você. Estava feito louca porque você não aparecia – disse.

Entraram na sala da casa.

– É que eu estava andando por aí – disse Andrés, ocupando uma poltrona. – Escuta, fui reprovado em duas matérias.

Cristina meneou a cabeça, querendo negar a má notícia, e o encarou.

– Andrés, não sei por que eu queria te dizer que Roberto quer se casar comigo – lançou Cristina, e o rapaz sentiu a dor fulminante das notícias desesperadoras e desagradáveis. – Não sei o que fazer – acrescentou, mexendo-se na poltrona. – Não sei o que fazer, tenho medo. O casamento deve ser uma coisa séria, não é? A gente não pode casar por casar.

– O que você vai fazer? – perguntou Andrés, empregando todas as suas forças para pronunciar essas cinco palavras. Ainda mantinha a esperança de ganhar Cristina, mas o panamenho vinha acabar com tudo.

– Já disse que não sei. – Ela tinha cruzado as mãos sobre a cabeça.

Levantou-se e foi até o quadro em que dois cisnes de mil cores namoravam. Tirou-o da parede e colocou-o no chão. Voltou a se sentar, e Andrés viu seus olhos tão grandes como sempre, porém mais límpidos que outras vezes. Ela estava descalça, mexia os dedos dos pés.

– Minha nossa, que calor insuportável.

– Começou depois da chuva forte – comentou Andrés, observando as árvores tranquilas do jardim. Sentiu-se melhor falando de outra coisa. No entanto, o engenheiro de Cristina não o aborrecia tanto assim. Não conseguia pensar nele como culpado pela atitude da amiga.

– O que você vai fazer? – perguntou ela. Agora seus pés descansavam no chão, tentando roubar-lhe um pouco de frescor.

– Com quê?

– Com os exames.

– Estudar. O que mais posso fazer?

Andrés olhou para fora. As árvores não se mexiam.

– E se for reprovado outra vez? E se não conseguir ser aprovado?

– Não sei, não sei o que eu faria... Poderia trabalhar como guardador de carros... Você não vai sair hoje à noite?

– Talvez, mas ele tem um evento na embaixada.

– Vamos ao cinema – propôs ele, rapidamente.

– Não, desculpa – respondeu ela, depois de um instante. – Estou morta de cansaço, ontem bebi muito e hoje está fazendo tanto calor que não quero nem me mexer. Além disso, olha como está a casa.

Andrés voltara a contemplar as árvores do jardim e lembrou que tinha jurado a si mesmo não a visitar mais. Mas aquela rebelião também não tinha sentido. Contra ela qualquer resistência era inútil, e ele decidiu não se obrigar a mais nada. Naquele momento, pela primeira vez, começou a lamentar tê-la conhecido. Senão talvez tudo tivesse continuado na mesma com Adela. Pensou no quanto gostava de Adela antes de conhecer Cristina, como gostava da boca e do sorriso da menina, de suas conversas, de seu cabelo sempre bem penteado e preso na nuca, quase perfeita, Adela. Teve vontade de tirar a foto que ainda guardava na carteira.

– Está pensativo – disse Cristina. – Não fique bravo comigo. É por causa do cinema, não é?

– Não, é que...

– Espera – interrompeu ela. – Já te disse que não sei o que vou fazer. É um momento difícil, não acha?

Andrés se manteve em silêncio.

– É importante. Sabe Deus quantas coisas estão em jogo para mim neste momento. – Fez uma pausa e chamou: – Felipe, Felipe.

O cão entrou correndo e se acomodou entre as pernas de Cristina. Ela acariciava suas orelhas, e ele se remexia satisfeito.

– Ele é como Felipe – disse Cristina. – O ruim é ele querer que eu me case. Não sei, porra, não sei – concluiu, levantando a voz.

– Vou embora – avisou Andrés.

– Olha – disse ela, como se não o tivesse ouvido. – Uma vez tivemos um cão preto, duas vezes maior que Felipe. Ele se cortou num arame farpado na base do rabo. E se lambia para se curar e se mordiscava quando coçava. Tanto mexeu que a ferida foi aumentando, e aumentou tanto que se transformou num buraco, e o cão morreu. Ele mesmo se matou, quase se devorou.

Andrés a escutava, de pé em frente dela.

– Pois eu estou como o cão preto no exato momento em que ele se cortou. E tenho a impressão de que vou engolir a mim mesma.

– Vá desenhar, faça alguma coisa – disse Andrés e se despediu com um gesto.

Alguns dias depois, lembrando-se de Cristina, perguntou-se o que teria acontecido se ele tivesse cumprido a promessa de não voltar a visitá-la. Talvez as coisas tivessem sido diferentes, não é verdade, Coelho?

# X

> A todo momento
> um homem acende as luzes do planeta...
> Alex Fleites

O Coelho passou para buscá-lo e saíram cedo para a escola. Embora Andrés preferisse dormir até o último minuto possível, também gostava de sair cedo, porque antes das sete havia pouca fila para tomar o ônibus e ele podia ir sentado, o rosto contra o ar que se infiltra pela janela, respirando a tranquilidade do amanhecer. Além disso, ficou contente por seu amigo voltar à escola e sentiu que podia anotar um ponto para si na coluna das boas ações.

Na noite anterior, desde as oito, Andrés passara revisando a matéria e adormecera às onze, vestido e com o caderno de literatura em cima do peito. Agora sabia tanto de Proust quanto o próprio Proust. Ao passar em frente à casa de Cristina, viu Felipe deitado contra a porta e notou que a ameixeira tinha perdido as folhas, como se alguém tivesse se encarregado de sacudi-la até deixá-la nua, sem nenhuma proteção. Observou que as florezinhas amarelas tinham enverdecido e formavam pontos quase invisíveis. Depois da manga vem a ameixa, e lembrou que mais tarde era a vez do abacate. "Não acaba nunca", pensou.

A escadaria do pré-universitário estava deserta. Tinham se adiantado aos colegas, e, pela primeira vez em três anos, Andrés soube que era Emílio, o velho zelador que não tinha um olho, quem limpava a escadaria e os vidros das grandes portas. Quando seus outros amigos chegaram, Andrés compreendeu que por um bom tempo o chamariam de Marcelino Proust. O primeiro a dizê-lo, como sempre acontecia, foi Luis, o Magro, que lhe contou a gozação que tinha acontecido na classe quando a professora leu sua resposta na prova. Mas pouco depois, quando o Coelho lembrou que dia 1º de Maio cairia no domingo e que, portanto, não haveria dia livre para eles ("E vocês já pensaram", perguntou o Coelho, "o que teria acontecido se 1º de Maio tivesse sido no dia 2 ou 3 de abril, hein, o que teria acontecido?"), todos esqueceram Marcelino Proust, seus besouros e seus incríveis monólogos interiores, os quais, segundo Andrés, comoveram o mundo das letras, até provocaram um processo absurdo e escandaloso nos Estados Unidos.

Andrés voltou depois da uma. Encontrou a casa de Cristina aberta, o alpendre inundado e Felipe sentado na calçada, evitando as torrentes de água que corriam do interior da casa, como uma violenta cachoeira intermitente. Debruçou-se na grade do jardim até ver Cristina sair, de vassoura na mão, o cabelo preso no alto da cabeça, um short desfiado e as pernas molhadas. Ela olhou e sorriu.

– Tremenda limpeza – comentou.

– Vem, entra para tomar um café – convidou a moça, que com o dedo tirou o suor da testa.

A casa toda estava molhada: o chão, as paredes, os móveis, os enfeites.

– Você ficou louca? – perguntou ele, e ela voltou a sorrir, por trás da xícara de café.

– Escuta, quando vamos ao cinema? – lançou ela.

Andrés achou que fosse um equívoco. Mas disse:

– Quando você quiser. – E começou a se sentir bem. Simples assim podiam ser as transformações de seus estados de ânimo. Bastavam duas palavras de Cristina.

– Faz dias que não vamos ao cinema. – Foi ligar o rádio. O aparelho aqueceu e Cristina pôs o volume no máximo. – Estou até com vontade de dançar, de urinar no meio da rua, de dormir na laje, sei lá, de fazer coisas bem-feitas.

Andrés olhava para ela e continuava sorrindo, imaginando que tudo podia ser como antes, que talvez agora chegasse até o fim. E sem pensar sugeriu:

– Melhor irmos à praia.

– Agora?

– Sim, agora mesmo. Já mudaram o horário e escurece um pouco mais tarde. Venha, vamos – insistiu.

Cristina tinha ficado séria. Quando estava séria, os músculos do seu rosto se contraíam. Foi só um instante.

– Está bem, vá se vestir.

E Andrés saiu correndo, escorregando no piso encharcado, e voltou em cinco minutos. Cristina tinha fechado todas as janelas e procurava alguma coisa nas gavetas do armário. Procurava jogando as coisas sobre a cama. Por fim tirou um biquíni azul de listras brancas e o examinou com olhar crítico.

– É horrível – concluiu. – Mas é o único que tenho. Um presente. Por favor, não queira saber de quem... Bom, vira pra lá.

Andrés permaneceu imóvel. Simplesmente olhava, sem pensar.

– Não vai se virar? – Era só uma pergunta. – Bom, deixa. – E começou a se despir.

Primeiro o short, e apareceu cheia de carne uma calcinha preta de rendas transparentes que certa vez instigara sua imaginação. Depois a blusa, e os seios surgiram abertamente. Andrés só pôde ver que os mamilos eram enormes, redondos, escuros e muito pontudos, como duas flores abertas. Cristina pôs a parte de cima do biquíni. Depois, com muito trabalho, conseguiu enfiar a peça de baixo.

– Com este mesmo short – disse e voltou a vesti-lo. Remexeu entre as coisas que tinha jogado na cama e escolheu uma camiseta.

Então Andrés viu no chão, flutuando na água, um conjunto de folhas de cartolina em branco e outras escurecidas por traços desconexos, indecifráveis. Cristina, com a carteira na mão, disse:

– Andando passa o frio.

O tempo todo a mente de Andrés permanecera vazia. Não conseguia explicar-se nada, sobretudo não queria procurar explicações para nada. Assim era muito melhor, como bem dizia Cristina.

Ao chegarem à praia, ela disse que estava com fome. "Uma fome espantosa", foi assim que ela disse. Entraram numa cafeteria e pediram tudo o que o cardápio anunciava, e Cristina pagou com uma nota de vinte pesos.

O mar estava revolto e fazia calor. Na orla da ressaca, ele havia depositado troncos, garrafas opacas, chinelos abandonados, pedras carcomidas pela correnteza, tudo misturado com as agulhas e as pinhas secas dos pinheiros. Mas onde as ondas batiam a areia se mantinha branca.

Sentaram-se permitindo ao mar que lhes lambesse os pés. Andrés olhava toda a extensão da praia e contou dezesseis pessoas.

– O que aconteceu, Cristina?

Ela jogava pedras na água. Escolhia as mais achatadas e as lançava pela lateral do braço. As pedras ricocheteavam na superfície, uma, duas, até três vezes, antes de afundarem.

– Está se sentindo bem? – perguntou ela ao jovem.

– Sim.

– Então por que quer saber alguma coisa?

Andrés a imitou e conseguiu que uma pedra ricocheteasse cinco vezes. Ela sorriu e disse:

– Lembre que você vai ser médico, não fiscal.

– Os médicos também perguntam, não?

– Claro, mas há uma diferença. Eu vou ao médico se quiser, mas ao fiscal não, ao fiscal vou obrigada.

– Tudo bem – aceitou o rapaz. Deitou-se na areia. Quis olhar o sol. "São umas quatro horas", disse a si mesmo.

Ao entrarem na água, acharam-na inesperadamente fria. Ficaram no mar até começar a escurecer. Andrés nadou, e Cristina quis aprender, e ele a ajudava e apalpava as coxas cheias, o ventre liso. Mais de uma vez roçou os seios firmes e sentiu-os tão perfeitos e redondos como a melhor bola de beisebol.

Foram para a areia e soprava um vento fresco, do leste, que vergava a copa dos pinheiros e produzia um assobio monótono, sonolento.

Cristina tremia e sentou-se junto dele. Andrés podia sentir seu cheiro, aspirar o perfume da pele salgada, próxima. Passou um braço sobre seu ombro e ela se encostou em seu peito. E chegou a explosão. Notou que sua sunga se tornara pequena, ia arrebentar de uma hora para outra. Cristina estava com a cabeça inclinada e o cabelo lhe grudava nas costas. Andrés o roçou, esfregando-lhe a nuca e os ombros, enquanto a sunga se tornava algo insuportável. Olhou à sua volta, contou apenas duas pessoas: um casal que se beijava debaixo dos pinheiros, bastante longe.

Tentou acalmar-se fumando um cigarro. Cristina não o repreendeu, e ele continuou acariciando-lhe o cabelo, enquanto ela enfiava os dedos na areia, em silêncio. O ar os havia enxugado, e do braço de Cristina emanava um vapor morno e persistente. Atrás dos pinheiros, o sol estava prestes a morrer.

Mesmo que viva cem anos, Andrés nunca esquecerá como lhe beijou as costas, várias vezes, e o gosto de mar incrustado na pele, depois como seus lábios percorreram-lhe os ombros e o pescoço, ainda úmidos por causa do cabelo. Lembrará para sempre seus olhos, infinitos, quando olhou para ele, e também os lábios que se abriam, aceitando os seus. Por dentro, a boca de Cristina era suave, cálida, absolutamente protetora, e ele sentiu que finalmente comia a fruta que só havia provado. Beijou-a centenas de vezes, milhares de vezes, antes de sua mão deslizar até os seios e se esgueirar por baixo do sutiã. Achou que Cristina lhe acariciava as costas e o peito, mas nunca poderia garantir, muito menos se o cordão de sua sunga se desamarrou sozinho, para que os dedos, primeiro, e depois toda a mão de Cristina chegassem ao próprio centro do mundo. Andrés nunca poderá afirmar com certeza, pois, quando se dispuser a pensar em tudo aquilo, acreditará estar lembrando que também havia um avião explodindo no mar, mas de maneira tão elegante que não levantou um pingo de água. Entretanto, por toda a vida estará convencido de que sua sunga evaporou. E depois desapareceu o biquíni de Cristina e rolaram pela areia, cobrindo-se com as agulhas secas dos pinheiros, enterrando as pinhas caídas.

A água lhes acariciava os tornozelos quando Cristina abriu as pernas, o mais que pôde, e pegou com a mão o sexo de Andrés. Colocou-o justo onde devia estar, e ele sentiu que deslizava para outro mundo e perdia-se para sempre numa cápsula estreita e úmida, rodeada de algas que se aderiam em júbilo. Se pudesse vê-la, teria notado que Cristina fechava as pálpebras com força, que de sua boca brotava um ronco sufocado, soluçante, quase visível.

Andrés flutuava quando se produziu o derramamento. Não conseguiu contê-lo, teria desejado freá-lo, para continuar assim até a velhice, para que nunca fosse uma lembrança indelével, mas simplesmente não conseguiu. Teve a impressão de que se esvaía em sangue e mordeu Cristina no ombro, sem compaixão. Ela o empurrou suavemente e reclamou. Agora estava com os olhos muito abertos, maiores que nunca, mas ele também não viu.

Você não a vê e se deixa cair para trás. Pela primeira vez na vida não te importa que teu cabelo se encha de areia. Lembra? Você se sente invencível. Só invencível e pensa que sua guerra valia a pena. Valia mais do que imaginava. Apoiando-se no cotovelo, você se inclina sobre ela e volta a beijá-la. Os beijos oferecem um sabor inexplicável, como se você misturasse várias frutas prodigiosas. São beijos diferentes de todos os beijos que você já deu, de todos os beijos que você dará.

Tua mão é um flagelo que busca areia e começa a acariciar o abdômen de Cristina. Ela continua fora do mundo, você olha seus olhos fechados. Agora os vê. Então pega outro punhado de areia e continua lhe friccionando o ventre, e depois outro, e você sobe, cobre-lhe a pele lisa e morna dos seios e sente que os mamilos dela se tornam mais pontudos, também invencíveis, e se opõem ao movimento circular que você propõe. Seus dedos se travam naqueles mamilos que querem competir com os pinheiros. Mais areia, e você atapeta o pescoço, bloqueia-o com fragmentos minúsculos do que antes foram rochas agressivas. O pescoço, os ombros, e você retorna aos seios, que te recebem com os mamilos eriçados, e volta ao ventre e espalha mais areia. Desce sem pressa até o quadril, também o tinge, e a coxa, a perna, o pé, os dedos, até que ali você chega ao fim de Cristina, sentindo que tua mão é cada vez mais tua e que a pele que está percorrendo começa a te pertencer de maneira absoluta. Volta pelo outro caminho possível, os dedos, o pé, a perna, a coxa e o quadril claudicam sob o empenho de tua mão e da areia. A pele dela já te pertence, e você se detém um instante contemplando tua obra, só um instante, porque tua mão não aguenta ficar afastada da pele dela e da areia. Você procura, então, a areia mais branca, a mais fina, a melhor das areias, e tua mão é um relógio preciso que deixa cair, grão por grão, aquela areia invejável na ilha sitiada que é o sexo de Cristina. Você vê os grãos voarem de tua mão até o púbis muito escuro, saltarem vigorosamente ao encontrar a doce cabeleira e mergulharem até a pele, lá no fundo. Você esvazia a mão e fricciona o sexo de Cristina, o sexo--volumoso, o sexo-úmido, o sexo-morno, o sexo-capaz-de-engolir-o-mundo. O sexo que se entrega à carícia de teus dedos, que recebe mão e areia, que, quando você não espera, se move com um tremor de terremoto. "Por favor", pede uma voz distante, tua mão insiste, teus dedos insistem, insiste a areia. "Por favor", é uma ordem aflita, e as pernas se abrem para te pegar, e depois um breve lamento repetido, agora é tua língua que a acaricia, comendo areia, mordendo a carne volumosa e morna, tua língua que de repente se transformou numa cobra diligente que entra e sai da toca, revisa as bordas, volta a entrar, até que o lamento é um rugido e não há mais nada a fazer. Só lançar-se sobre ela e novamente sentir-se invencível, porque aquele corpo você formou com tuas mãos e tua areia, construiu-o para que seja teu, e já não há um canto que te possa dizer não te conheço, você não me provou.

Nus entraram no mar e voltaram a se acariciar. A noite cobria tudo, e eles não perceberam o frio do ar e da água. Beijaram-se longamente, desafiando o ritmo das ondas. Andrés voltou a sentir que Cristina brincava com seu sexo, colocava-o depois no lugar exato e com um movimento delicado de pernas fazia-o correr até o fundo. Dessa vez Andrés conseguiu deter o fim, postergá-lo por alguns minutos como aquelas tardes em que, antes de tomar banho, pensava tanto nela. Segurou até que a moça o mordeu, também no ombro, enquanto se queixava de muita dor. Andrés não aguentou mais.

Continuavam nus, deitados na areia. Não importava o ar frio. Nem mesmo a lua, que havia surgido do mesmo lugar por onde o sol desaparecera. Andrés só sentia dor nas pernas e ardor nos lábios.

Virou-se para mirá-la. A moça descansava de boca para cima, e sua pele se tornara prateada.

– Por que você deixou?

– Porque eu queria deixar.

– Desde quando?

– Seria bom dizer que desde o próprio dia em que te conheci. Mas não sei. – E ela observava o céu salpicado de estrelas. – Sei que queria deixar, mas não me decidia. Agora está feito, e o resto não importa. Caralho.

– Então faz tempo que gosta de mim? – perguntou, feliz de verdade.

– Não diga bobagem. – Ela deu meia-volta, oferecendo-lhe as costas.

– O que aconteceu com o panamenho? Vamos, diga.

– Vai embora, vai embora para o país dele. Disse que alguém suspendeu o contrato, e ele vai embora.

– E você?

– Ontem fui à casa dele e ele me contou tudo. Disse que alguém suspendeu o contrato e ele precisa ir embora. O que mais me fode é ele ter me enganado. Me enrolou bem enrolada e eu caí direitinho. – Fez uma pausa. – Foi se despedir e pediu para transar comigo. O pior é que eu transei com ele. É isso, garoto, eu sou puta de nascença.

Andrés olhou para o mar como se naquele instante fosse cair uma tempestade. Mas o mar continuava alheio a tudo, e as ondas morriam irremediavelmente na praia, sem destruir ninguém.

– Quando transou comigo fez como um coelho ruivo que meu pai tinha. O coelho se encarapitava na fêmea, a cobria, comia um gomo de pinha, olhava para as pessoas e voltava a montar. Como ele fez comigo… Nunca pensei que faria isso.

– E eu? – perguntou ele, achando que era incapaz de entendê-la.

– Hoje de manhã eu quis desenhar e não consegui. Sempre que me doeu até a alma eu desenhei. Mas desta vez não consegui. Acho que não vou mais tentar. Alguma coisa acabou, Andrés, alguma coisa que não podia acabar.

– E nós, o que vamos fazer?

Cristina não respondeu.

– Ei, Cristina, como vamos fazer agora?

– Não sei – disse ela, finalmente. – Não sei nada… Você continua na tua escola e eu fico tranquila. Não peça mais explicações, não queira saber mais coisas. Isso me deixa doente. Me esquece.

Andrés sentiu-se tão confuso quanto nas primeiras vezes em que falou com ela. E compreendeu que em algum momento começara a se acostumar à intangível diversidade da amiga, mas que agora voltava ao início. Muito tempo depois, quando aquela mulher era apenas uma lembrança calorosa e indelével e me contou toda essa história, foi que Andrés compreendeu que, apesar de viver assombrando, Cristina não tinha capacidade de assombro. Tudo a surpreendia porque seu conflito era de sonhos: sonhos que criava em sua mente e em suas folhas de cartolina e para os quais não encontrava correspondência real. Cristina andava por um caminho sem norte e talvez o tenha sabido naquele dia agitado. Talvez.

Acariciou-lhe o quadril e as costas, e sua mão tinha uma dose de lástima. Cristina sussurrou:

– O mundo se despedaçou. Ouvi a explosão.

– O que está dizendo? – indagou o rapaz, tentando olhá-la por cima do ombro.

— Nada, para você me deixar. Já estou cansada.

E Andrés, obediente, retirou a mão e a pôs para brincar com a areia. Cristina se levantou com agilidade.

— Vou me enxaguar — disse ela e entrou no mar.

Andrés a seguiu, e saíram rapidamente. Cristina sentou-se numa pedra, evitando a areia. Ela tremia. Olhava para a água, que agora era uma mancha escura.

— Quando você chegar em casa, dê comida ao Felipe. Coitado, pode ser que María tenha esquecido, e ele deve estar com fome.

— Mas...?

— Sim, vai você, vou ficar mais um pouco. Tenho muita coisa em que pensar.

— Mas, Cristina, espera... — começou a dizer, mas ela o olhou e disse:

— Olha, Andrés, está tudo muito bem. Mas não me peça mais explicações porque não as tenho. Eu fico e você vai. — Ela começou a se vestir.

Andrés olhou pela última vez sua prodigiosa nudez e lhe pareceu incrível que aquele corpo tivesse sido dele. Sacudiu sua roupa e também começou a se vestir.

— Fazia anos que eu não vinha à praia.

— Por que veio hoje?

— Por nada, de repente me deu vontade. Me deu vontade de fazer o que eu não pensava fazer.

— E isso?

— Também não pensava fazer. Não te fiz favor nenhum, acredite. Parece que sou bem má. — Cristina falava como se toda a indiferença do mundo tivesse se juntado em sua voz para dizer "não te fiz favor nenhum" e "sou bem má". Andrés continuava aturdido. Preferia que as coisas fossem de outro modo, e eram exatamente como Cristina queria e não como ele teria desejado. Ela sempre fazia o papel do vento: para ele, deixava o da chuva. Mas no fundo Andrés estava saboreando sua vitória e pensava que um dia contaria tudo a Luis, o Magro, com riqueza de detalhes, para assombrá-lo e para mostrar que ele também podia conseguir aquilo a que se propunha. Só que antes contou para mim.

Andrés continuou em pé. Cristina sentou de novo na pedra.

— Vai se encher de areia de novo.

— Agora estou gostando do mar — disse ela. — Vai embora — pediu, e o rapaz percebeu algo definitivo naquela ordem.

Cristina deixou-se cair para trás e seus braços assumiram uma posição incoerente. Estava com o cabelo sobre o rosto, os lábios apertados, os olhos extraordinariamente pequenos. O peito mal se alterava com a respiração, e Andrés se lembrou do anjo caído com as asas quebradas.

– Eu te vejo amanhã – disse ele.

Ela se manteve em silêncio, e Andrés, depois de pensar por um instante, avançou na direção dos pinheiros.

– Não esqueça o Felipe – gritou Cristina.

Quando chegou à rua, Andrés viu que ela tinha levantado e caminhava pela beira do mar. Andrés estava confuso e não se sentiu melhor observando a figura da moça se afastar, fazer-se breve, mal desenhada, até desaparecer na areia e nas sombras, como que tragada pela voracidade daquela noite inexplicável.

Ao chegar a sua casa, não se lembrou de Felipe. Foi para seu quarto, no caminho gritou para Consuelo tudo bem, já chega, pois a mãe voltava a brigar com ele por chegar de novo àquela hora e ela preocupada pensando no que podia ter acontecido. Andrés tomou uma chuveirada. Enquanto a água o limpava, pensou que já era um homem e não tinha por que continuar suportando os chiliques da mãe. Contemplou seu sexo, como se tivessem acabado de colocá-lo entre suas pernas, pareceu-lhe até que tinha crescido e se convenceu de que já era um homem, um homem de verdade. De uma vez e para sempre.

Não quis comer. Preocupava-o a atitude de Cristina, mas por momentos era inundado por uma felicidade tão egoísta que até conseguia esquecer-se dela para pensar apenas em sua vitória. Deitou-se e adormeceu submetido à sobreposição da lembrança vaporosa da nudez finalmente possuída de Cristina à lastimável imagem de seu corpo na areia, na posição desconexa do anjo derrotado. E passou ao sono guiado pela imagem lacerante.

Como em todas as manhãs, Consuelo o despertou e lhe deu café na cama. Tinha dormido demais, com sonhos imprecisos, mas exasperantes. Continuava tão aturdido quanto no dia anterior, sem conseguir uma explicação convincente para tudo o que havia acontecido. Enquanto ele tomava o café, a mãe saiu do quarto e voltou com um envelope amarelo nas mãos. Um envelope como uma catapulta que o fez se levantar.

– Cristina veio ontem, depois da meia-noite. Deixou isto para você. Disse que é teu. Eu não sabia. Então...

– E o que mais ela disse? – interrompeu-a, ansioso.

– Disse que ia para o sítio dos pais, que não sabia quando voltava. Na verdade, ela me pareceu estranha e até acho que tinha bebido.

– E o que mais ela disse?

– Mais nada, menino. O que mais você quer? – perguntou Consuelo, parecendo alegre.

– Tudo bem – disse Andrés, saindo da cama.

Vestiu-se bem lentamente e, enquanto o fazia, não parou de pensar em Cristina e só conseguia lembrar-se dela deitada na areia, na difícil posição do anjo derrotado. Tomou café da manhã na cozinha, de pé, sem ouvir as represensões da mãe. Consuelo afirmava que daquele jeito ele não aproveitava a comida e que precisava se alimentar bem para fortalecer o cérebro.

– Se o Coelho vier, diga que já fui – avisou a Consuelo e saiu.

A casa de Cristina estava fechada. Andrés debruçou-se na grade do jardim e observou que, no alpendre, encostado na porta, Felipe dormia sobre seu saco, tranquilo, com as patas muito esticadas. O rapaz entendeu que tinha muita coisa em comum com aquele cão abandonado. Pensou que jamais conseguiria entender Cristina e que, naquela manhã, também precisava que as mãos prodigiosas da amiga lhe preparassem alguma coisa, que lhe inaugurassem o dia. Felipe dormia, confiante, enquanto ele pensava, aturdido. A ameixeira continuava nua como no dia anterior, embora os brotinhos tivessem se multiplicado e já fossem visíveis, de um verde impoluto. Em poucas horas mudara de aspecto. Andrés sentiu, por fim, como a ausência de Cristina ia lhe abraçando o corpo, tocando-lhe cada fibra sensível até compor uma melodia obscura e dolorosa, fazendo-o pensar que a solidão seria, a partir de então, o pior dos sofrimentos. "O que posso fazer?", perguntou a si mesmo.

Afastou-se da grade quando ouviu alguém chamá-lo. O Coelho vinha correndo pela calçada e, de muito longe, era possível ver seus enormes dentes brancos. "O que teria acontecido?", Andrés pensou.

– Vai indo, eu vou depois – pediu ao Coelho, quando ele chegou ao seu lado.

– O que você tem? Está com uma bela cara de ressaca – notou o amigo, esforçando-se para cobrir os dentes com o lábio superior.

– Não, não é nada. Estou com um pouco de dor de barriga – mentiu Andrés. – Vai, eu vou depois – insistiu e voltou para casa.

Antes que Consuelo falasse, ele disse "vou ao banheiro", mas de todo modo a mãe gritou que ele se apressasse, já são quase sete e meia. Andrés pegou o envelope amarelo e se trancou. Sentado na privada, contemplou aqueles desenhos esperançosos que durante longos meses tinham sido fabricados pelas mãos suaves e quentes daquela mulher agora perdida, a mesma mulher que ele acreditara definitivamente ganha, a mulher cuja ausência lhe tirava a vontade de voltar à escola, de submergir no tédio das cinco aulas do período.

Procurou a imagem da derrota e a teve por vários minutos diante dos olhos, enquanto sua mente substituía a relva por areia, o rosto neutro do anjo pela cara incompreensível e machucada da última Cristina, o cavalo doente por sua própria figura, lá no fundo, entre pinheiros maiores que os da folha de papel.

Andrés sentiu uma insuportável e viril vontade de chorar arrebentando-lhe o peito, mas disse que não, não tinha sentido. Devolveu ao envelope as folhas de cartolina manchadas de sofrimentos e olhou-se no espelho. "O que está acontecendo, meu velho? Você não é um homem?", disse ao rosto familiar envolvido pelas manchas de umidade e pelas indeléveis cagadelas de mosca grudadas no vidro. "Então comporte-se como homem, está bem?", aconselhou à imagem. Andrés molhou a ponta da toalha e umedeceu os olhos para aliviá-los de lembranças.

Saiu do banheiro e guardou o envelope na gaveta, junto com o boné do "I" azul e a luva de beisebol amarrotada, curtida pelas imprescindíveis jogadas projetadas pela irmã. Olhou para o relógio: verificou que eram sete e quarenta. Saiu correndo e pensou que, se ele se apressasse, talvez não fechassem a porta e pudesse chegar a tempo para a primeira aula.

Mantilla, 1983-1984
(Relido em Mantilla, inverno de 2003 e verão de 2012)

Logo da Série Nacional de Beisebol de Cuba.

Publicado no Brasil no trigésimo aniversário da primeira vitória da seleção cubana de beisebol nas Olimpíadas, este livro foi composto em Adobe Garamond Pro, corpo 11/14,3, e impresso em papel Pólen Soft 80 g/m² pela gráfica Rettec, para a Boitempo, com tiragem de 7 mil exemplares